Zu diesem Buch

«In dem Maße, in dem sich unser Leben in Mitteleuropa veramerikanisiert, sind uns die Erscheinungen und Zustände, die Woody Allen ironisch auf die Schippe nimmt, vertraut ... Allen kann in seinen Erzählungen, die ich fast allen seinen Filmen vorziehe, eine Vielfalt von Formen entwickeln und dank der Kürze auf Überflüssiges verzichten ... Woody Allens Lieblingsthemen, die Psychoanalyse und die aus dem Osten nach Amerika immigrierten Juden, der Sex-Maniac und intellektuelle Verklemmtheit, kommen auch hier vor. Aber sein eigentliches Spielmaterial ist die Sprache. Aus ihr schöpft er seine humoristischen Strategien. Die Methode ist einfach: er nimmt eine vertraute Form – etwa die der wissenschaftlichen Rezension, der eitlen Memoiren, des Kriminalromans –, decouvriert deren gängige Phrasen und Schematismen, indem er sie über (meist triviale) Begebenheiten aus einem weit entfernten Bereich stülpt. Selten wurde die Anmaßung und die Wichtigtuerei der Wissenschaftspublizistik so köstlich parodiert wie in Allens tiefsinniger Ausdeutung von Wäschelisten. Die Memoiren von Hitlers angeblichem Friseur Schmidt sind glänzend geeignet, den Wust an Erinnerungsliteratur über das Dritte Reich, der gerade jetzt den deutschen Markt überschwemmt, ins Lächerliche zu ziehen» (Thomas Rothschild in «Frankfurter Rundschau»).

Woody Allen (eigtl. Allen Stewart Konigsberg), geboren am 1. Dezember 1935 in New York, der mittlerweile als großer Nachfahre von Marx (Groucho) und Chaplin gilt, begann als Gagschreiber für Fernsehkomiker. 1961 trat er zum erstenmal selber in New Yorker Nachtclubs auf. Er schrieb überdies Satiren für den «New Yorker» und den «Playboy», Stücke für den Broadway und Drehbücher. In Clive Donners «Was gibt's Neues, Pussy?» spielte er 1965 auch seine erste Filmrolle. 1969 schrieb und inszenierte er seinen ersten eigenen Film: «Woody – der Unglücksrabe». Seither folgten, neben einer Rolle in der Verfilmung seines Bühnenstücks «Mach's noch einmal, Sam» (1971; Regie: Herbert Ross) und in Martin Ritts Anti-McCarthy-Film «Der Strohmann» (1976), seine eigenen satirischen Filmkomödien «Bananas» (1979), «Was Sie schon immer über Sex wissen wollten, aber bisher nicht zu fragen wagten» (1972), «Der Schläfer» (1973), «Die letzte Nacht des Boris Gruschenko» (1974), «Der Stadtneurotiker» (1976) und sein ernster Film «Innenleben» (1978), in dem er nicht selbst auftrat. Sein bisher letzter Film, «Manhattan» (1978/79), gilt als sein bislang bedeutendster; Peter Zadek nannte ihn den «größten lebenden Komiker», und «Newsweek» bezeichnete ihn als den «fröhlichsten Neurotiker unserer Zeit». Der vorliegenden Auswahl folgten «Ohne Leit kein Freud» (rororo Nr. 4746) und «Nebenwirkungen» (rororo Nr. 5065).

Woody Allen

Wie du dir, so ich mir

Aus dem Amerikanischen
von Benjamin Schwarz

rororo

Rowohlt

Die amerikanische Originalausgabe erschien unter dem Titel «Getting Even». Teile des Werkes wurden zuerst von «The New Yorker» veröffentlicht. Die deutsche Originalausgabe erschien in Zusammenarbeit mit Rogner & Bernhard GmbH & Co. Verlags KG., München, und Random House, Inc., New York

Umschlagentwurf Manfred Waller
(Foto: Brian Hamill / Photo Reporters, Inc., New York)

133.–138. Tausend September 1987

Veröffentlicht im Rowohlt Taschenbuch Verlag GmbH,
Reinbek bei Hamburg, Juli 1980

Satz Garamond (Linotron 404)
Gesamtherstellung Clausen & Bosse, Leck
Printed in Germany
580-ISBN 3 499 14574 x

Inhalt

Die Metterling-Listen

Der Verlag Feil & Söhne hat endlich den lang erwarteten ersten Band der Wäschelisten Metterlings (*Die gesammelten Wäschelisten Hans Metterlings*, Band I, 437 Seiten, XXXII Seiten Einleitung, Register, DM 39,50) mit dem fundierten Kommentar des bekannten Metterling-Schülers Günther Eisenbud veröffentlicht. Die Entscheidung, dieses Werk getrennt und vor Abschluß des gewaltigen vierbändigen *Œuvres* herauszubringen, ist so erfreulich wie vernünftig, wird doch dieses eigensinnige und schillernde Buch im Nu die ekelhaften Gerüchte aus der Welt schaffen, Feil & Söhne wollten, nachdem sie mit den Romanen, dem Theaterstück und den Notizen, Tagebüchern und Briefen Metterlings guten Gewinn gemacht hätten, bloß versuchen, weiter Gold aus derselben Ader zu schlagen. Wie unrecht diese Intriganten hatten! Fürwahr, schon die erste Wäscheliste Metterlings

Liste Nr. 1
6 Unterhosen
4 Unterhemden
6 Paar blaue Socken
4 blaue Oberhemden
2 weiße Oberhemden
6 Taschentücher
Bitte nicht stärken!

macht uns auf vollkommene, geradezu totale Weise mit diesem geplagten Genie bekannt, das seinen Zeitgenossen als der «Irre von Prag» ein Begriff war. Die Liste wurde lose skizziert, als Metterling an den *Bekenntnissen eines monströsen Käses* schrieb, jenem Werk von überwältigender philosophischer Bedeutung, in dem er nicht nur nachwies, daß Kant sich über das Universum geirrt hatte, sondern daß er sich im Restaurant auch immer um die Rechnung drückte. Metterlings Abneigung gegen Wäschestärke ist typisch für die Zeit, und als das bewußte Paket zu sehr gestärkt zurückkam, wurde Metterling verdrießlich und schwermütig. Seine Wirtin, Frau Weiser, teilte Freunden mit, daß «Herr Metterling tagelang in seinem Zimmer bleibt und darüber weint, daß man seine Unterhosen gestärkt hat». Selbstverständlich hat bereits Breuer auf den Zusammenhang zwischen gestärkter Unterwäsche und Metterlings beständigem Gefühl, es werde von Menschen mit Doppelkinn über ihn getratscht, hingewiesen (*Metterling, die paranoid-depressive Psychose und die frühen Listen*; Zeiss Verlag). Das Thema nicht befolgter Anweisungen spielt auch in Metterlings einzigem Theaterstück, *Asthma*, eine Rolle, wenn Nadelmann den verdammten Tennisball aus Versehen nach Walhall bringt.

Das offenbare Rätsel der zweiten Liste

Liste Nr. 2
7 Unterhosen
5 Unterhemden
7 Paar schwarze Socken
6 blaue Oberhemden
6 Taschentücher
Bitte nicht stärken!

sind die sieben Paar schwarzer Socken, denn es war seit langem bekannt, daß Metterling von Blau zutiefst angetan war. Tatsächlich brachte ihn jahrelang die Erwähnung irgendeiner anderen Farbe in Wut, und einmal stippte er Rilke in den Honig, weil der Dichter geäußert hatte, er bevorzuge Frauen mit braunen Augen. Anna Freud zufolge («Metterlings Socken als Ausdruck der phallischen Mutter», *Psychoanalytische Rundschau*, Nov. 1935) hat sein plötzlicher Wechsel zu dunklerer Fußbekleidung mit seiner Niedergeschlagenheit über den sogenannten «Bayreuther Vorfall» zu tun. Dort nämlich passierte ihm, daß er während des ersten Akts des *Tristan* niesen mußte und einem der reichsten Gönner der Oper das Toupet vom Kopf pustete. Das Publikum war erschüttert, aber Wagner verteidigte ihn mit der mittlerweile klassischen Bemerkung: «Jeder muß mal niesen!» Darauf brach Cosima Wagner in Tränen aus und bezichtigte Metterling, das Werk ihres Gatten zu sabotieren.

Daß Metterling auf Cosima Wagner ein Auge geworfen hatte, ist nicht zu bezweifeln, und wir wissen, daß er in Leipzig einmal ihre Hand ergriff und vier Jahre später, im Ruhrtal, noch einmal. In Danzig machte er während eines heftigen Platzregens eine indirekte Anspielung auf ihr Schienbein, und sie hielt es fürs beste, ihn nicht wiederzusehen. Als Metterling im Zustand völliger Ermattung nach Hause kam, schrieb er *Nachtgedanken eines Hühnchens* und widmete Wagners das Originalmanuskript. Als sie es unter ein Bein ihres wackelnden Küchentisches schoben, war Metterling tief getroffen und stellte sich auf dunkle Socken um. Seine Wirtschafterin flehte ihn an, bei seinem geliebten Blau zu bleiben oder es wenigstens mit Braun zu versuchen, aber Metterling verfluchte sie mit den Worten: «Schlampe! Warum nicht karierte, wie?»

In der dritten Liste

Liste Nr. 3
6 Taschentücher
5 Unterhemden
8 Paar Socken
3 Bettlaken
2 Kopfkissenbezüge

wird zum erstenmal Bettwäsche erwähnt. Metterling hatte für Bettwäsche eine besondere Vorliebe, speziell für Kissenbezüge, die er und seine Schwester sich als Kinder immer über den Kopf stülpten, wenn sie Gespenst spielten, bis er eines Tages in ein Felsloch fiel. Metterling schlief sehr gern in frischer Bettwäsche, und auch seine Romanfiguren tun das. Horst Wassermann, der impotente Schlosser in *Heringsfilet*, mordet dafür, daß seine Laken gewechselt werden, und Jenny in *Der Finger des Schäfers* ist bereit, mit Kleinmann ins Bett zu gehen (den sie haßt, weil er sich seine Fettfinger immer an ihrer Mutter abwischt), «wenn das bedeutet, zwischen weichen Laken zu liegen». Tragisch ist, daß die Wäscherei die Bettwäsche nie so wusch, daß Metterling damit zufrieden war, aber zu behaupten, wie es Pfaltz getan hat, daß der Ärger darüber ihn gehindert habe, *Wohin du auch gehst, Kretin* zu beenden, ist absurd. Metterling genoß den Luxus, seine Laken zum Waschen wegzugeben, aber er war nicht darauf angewiesen.

Was Metterling hinderte, sein lange geplantes Lyrikbuch abzuschließen, war eine unglückliche Liebesgeschichte, die in der «Berühmten Vierten» sichtbar wird:

Liste Nr. 4
7 Unterhosen
6 Taschentücher
6 Unterhemden
7 Paar schwarze Socken
Bitte nicht stärken!
24-Stunden-Schnelldienst!

1884 begegnete Metterling Lou Andreas-Salomé, und sofort, so erfahren wir, verlangte er, daß seine Wäsche jeden Tag frisch gewaschen werde. In Wirklichkeit waren die beiden von Nietzsche miteinander bekannt gemacht worden, der Lou erklärte, Metterling sei entweder ein Genie oder ein Idiot, und sie solle mal sehen, ob sie nicht herausbekäme, was. Damals wurde der 24-Stunden-Schnelldienst in Europa, besonders bei den Intellektuellen, gerade ziemlich populär, und die Neuerung wurde von Metterling begrüßt. Vor allem war das pünktlich, und Metterling liebte Pünktlichkeit. Zu Verabredungen erschien er immer zeitig – manchmal mehrere Tage zu früh, so daß man ihn solange in einem Gästezimmer unterbringen mußte. Auch Lou liebte die täglich frischen Wäschesendungen. In ihrer Freude darüber war sie wie ein Kind, und oft überredete sie Metterling dazu, mit ihr Spaziergänge in den Wald zu unternehmen und da das letzte Paket auszupacken. Sie liebte seine Unterhemden und Taschentücher, aber am meisten verehrte sie seine Unterhosen. Sie schrieb an Nietzsche, Metterlings Unterhosen seien das Erhabenste, was ihr je begegnet sei, einschließlich *Also sprach Zarathustra*. Nietzsche nahm das wie ein Gentleman, aber auf Metterlings Unterwäsche war er immer eifersüchtig, und engen Freunden erzählte er, daß er sie «extrem hegelianisch» finde. Lou Salomé und Metterling trennten sich nach der Großen Sirupnot von 1886, und während Metterling Lou vergab, sagte sie ihm stets nach, «sein Geist sei wie ein Spitalkorridor».

Die fünfte Liste

Liste Nr. 5
6 Unterhemden
6 Unterhosen
6 Taschentücher

hat den Forschern seit je zu denken gegeben, besonders wegen des völligen Fehlens von Socken. (Und wirklich wurde Thomas Mann Jahre später von dem Problem so in Anspruch genommen, daß er ein ganzes Theaterstück darüber verfaßte, *Die Strümpfe Moses*, das er aus Versehen in einen Gully fallen ließ.) Warum strich dieser Literaturgigant plötzlich die Socken von seiner wöchentlichen Wäscheliste? Nicht, wie einige Gelehrte meinen, als Ausdruck seines nahenden Wahnsinns, obwohl Metterling inzwischen gewisse wunderliche Verhaltensweisen angenommen hatte. Vor allem glaubte er, er werde entweder verfolgt oder verfolge selber jemanden. Er erzählte engen Freunden von einer Verschwörung der Regierung mit dem Ziel, ihm sein Kinn zu stehlen, und einmal, in den Ferien in Jena, konnte er vier Tage hintereinander nichts als das Wort «Eierpflanze» sagen. Noch traten diese Anfälle nur vereinzelt auf und erklären nicht die fehlenden Socken. Noch tut dies der Umstand, daß Kafka sein Vorbild war, der für kurze Zeit seines Lebens aufgehört hatte, Socken zu tragen, und zwar aus Schuldbewußtsein. Aber Eisenbud versichert uns, daß Metterling weiterhin Socken trug. Er hörte nur auf, sie in die Wäscherei zu geben! Und warum das? Weil er in dieser Phase seines Lebens eine neue Haushälterin bekam, Frau Milner, die ihm versprach, seine Socken mit der Hand zu waschen – eine Geste, die Metterling so rührte, daß er der Frau sein ganzes Vermögen hinterließ, das aus einem schwarzen Hut und etwas Tabak bestand. Sie erscheint auch als Hilda in seiner komischen Allegorie *Mutter Brandts Eiter*.

Allem Anschein nach begann Metterlings Persönlichkeit um 1894 zu zerfallen, falls wir aus der sechsten Liste irgend etwas schließen dürfen:

Liste Nr. 6
25 Taschentücher
1 Unterhemd
5 Unterhosen
1 Socke

und man ist nicht überrascht, wenn man erfährt, daß das genau die Zeit war, als er mit der Behandlung bei Freud begann. Er hatte Freud Jahre zuvor in Wien getroffen, als sie beide einer Inszenierung des *Oedipus* beiwohnten, aus der Freud in kaltem Schweiß gebadet herausgetragen werden mußte. Ihre Sitzungen verliefen stürmisch, wenn wir Freuds Aufzeichnungen glauben dürfen, und Metterling war oft aggressiv. Einmal drohte er, er werde Freud den Bart stärken, und oft sagte er, er erinnere ihn an seinen Wäschemann. Nach und nach kam Metterlings ungewöhnliches Verhältnis zu seinem Vater zutage. (Metterling-Forschern ist sein Vater bereits vertraut, ein kleiner Beamter, der Metterling öfters dadurch lächerlich machte, daß er ihn mit einem Würstchen verglich.) Freud schreibt von einem Schlüsseltraum, den Metterling ihm schilderte:

Ich bin mit ein paar Freunden auf einer Abendgesellschaft, als plötzlich ein Mann mit einer Suppenterrine an einer Hundeleine hereinkommt. Er beschuldigt meine Unterwäsche des Landesverrats, und als mich eine Dame verteidigt, fällt ihr die Stirn ab. Im Traum finde ich das amüsant und lache. Bald lacht jeder, nur mein Wäschemann nicht, der ernst aussieht und dasitzt und sich Grießbrei in die Ohren stopft. Mein Vater kommt herein, grapscht nach der Stirn der Dame und läuft damit weg. Er rennt auf einen Platz und schreit: «Endlich! Endlich! Eine eigene Stirn! Jetzt brauch ich mich nicht mehr auf meinen dämlichen Sohn zu verlassen!» Das macht mich im Traum ganz traurig, und ich werde von dem Drang erfaßt, die Wäsche des Bürgermeisters zu küssen. (Hier bricht der Patient in Tränen aus und vergißt den Rest des Traums.)

Mit den Erkenntnissen, die er aus diesem Traum gewann, war Freud in der Lage, Metterling zu helfen, und die beiden wurden außerhalb der Behandlung recht gute Freunde, wenn Freud auch nie zuließ, daß Metterling hinter ihm stand.

In Band II, so ist zu hören, wird Eisenbud sich den Listen 7 bis 25 zuwenden, die die Jahre der «Geheimwäsche» Metterlings sowie das ergreifende Mißverständnis mit dem Chinesen an der Ecke umfassen.

Ein kurzer Blick auf das organisierte Verbrechen

Es ist kein Geheimnis, daß das organisierte Verbrechen Amerikas jedes Jahr über vierzig Milliarden Dollar einnimmt. Das ist eine ganz beträchtliche Summe, vor allem, wenn man bedenkt, daß die Mafia sehr wenig für Bürobedarf ausgibt. Verläßliche Quellen weisen darauf hin, daß die Cosa Nostra letztes Jahr nicht mehr als sechstausend Dollar für persönliches Briefpapier und noch weniger für Büroklammern ausgegeben hat. Außerdem haben sie bloß eine Sekretärin für alle Tipparbeiten und drei kleine Zimmer als Hauptquartier, die sie mit der Ballettschule Fred Persky teilen.

Im letzten Jahr war das organisierte Verbrechen für mehr als hundert Morde direkt verantwortlich, und indirekt waren *mafiosi* an mehreren hundert weiteren beteiligt, indem sie den Killern entweder das Taxigeld liehen oder ihnen die Mäntel hielten. Weitere ungesetzliche Aktivitäten, an denen Cosa-Nostra-Leute beteiligt waren, umfaßten Glücksspiel, Rauschgifthandel, Prostitution, Flugzeugentführungen, Wuchergeschäfte und das Schmuggeln eines großen Weißfischs zu unzüchtigen Zwecken über die Staatsgrenze. Die Fühler dieses korrupten Imperiums reichen sogar bis in die Regierung selber hinein. Erst vor wenigen Monaten verbrachten zwei Bandenchefs, nach denen im ganzen Land gefahndet wird, die Nacht im Weißen Haus, und der Präsident mußte auf dem Sofa schlafen.

Die Geschichte des organisierten Verbrechens in den Vereinigten Staaten

1921 versuchten Thomas («Der Fleischer») Covello und Ciro («Der Schneider») Santucci, vereinzelte Volksgruppen der Unterwelt zu organisieren und damit Chicago an sich zu reißen. Das wurde dadurch vereitelt, daß Alberto («Der Logische Positivist») Corillo Kid Lipsky umlegte, indem er ihn in ein Klo einschloß und die ganze Luft durch einen Strohhalm raussaugte. Lipskys Bruder Mendy (alias Mendy Lewis, alias Mendy Larsen, alias Mendy Alias) rächte die Ermordung Lipskys, indem er Santuccis Bruder Gaetano (auch bekannt als Little Tony oder Rabbi Henry Scharfstein) entführte und ein paar Wochen später in siebenundzwanzig einzelnen Keramiktöpfchen zurückschickte. Das war der Startschuß zu einem Blutbad.

Domenico («Der Krokodilfachmann») Mione knallte Lucky («Glückspilz») Lorenzo (der diesen Spitznamen hatte, weil eine Bombe, die in seinem Hut hochging, ihn nicht tötete) vor einer Bank in Chicago ab. Dafür setzten Corillo und seine Leute Mione bis nach Newark nach, wo sie seinen Kopf in ein Blasinstrument umarbeiteten. Zur selben Zeit war die Vitale-Bande, die von Giuseppe Vitale (eigentlicher Name Quincey Baedecker) geführt wurde, drauf und dran, den gesamten Schnapsschmuggel in Harlem Larry Doyle (dem «Iren») abzujagen – einem Schieber, der so mißtrauisch war, daß er niemals irgend jemanden in New York hinter seinem Rücken duldete und deshalb, wenn er eine Straße langging, ständig Pirouetten tanzte und sich im Kreise drehte. Doyle wurde umgebracht, als die Squillante Baugesellschaft beschloß, ihre neuen Büros auf seinem Nasenbein zu errichten. Doyles

Stellvertreter, Little Petey («Big Petey») Ross, übernahm jetzt das Kommando: Er blockte die Übernahme durch die Vitales ab und lockte Vitale selber in eine leere Garage im Stadtzentrum unter dem Vorwand, dort fände ein Kostümfest statt. Arglos ging Vitale, als Wanderratte verkleidet, in die Garage und wurde sofort von Maschinengewehrkugeln durchsiebt. Treulos gegen ihren gekillten Chef liefen Vitales Leute sofort zu Ross über. Desgleichen Vitales Verlobte, Bea Moretti, Showgirl und Star am Broadway in dem Musicalhit *Hast du zur Nacht gebetet*, die schließlich Ross heiratete, obwohl sie ihn später mit der Beschuldigung, er hätte sie mal mit einer ekligen Salbe eingerieben, auf Scheidung verklagte.

Vincenzo Columbraro, der Buttertoast-König, fürchtete das Eingreifen der Regierung und forderte Waffenstillstand. (Columbraro hat eine so straffe Kontrolle über alle Bewegungen der Buttertoaste innerhalb und außerhalb New Jerseys, daß ein Wort von ihm genügt, um zwei Dritteln der Bevölkerung das Frühstück zu vermiesen.) Alle Mitglieder der Unterwelt wurden in einem Restaurant in Perth Amboy zusammengetrommelt, wo Columbraro ihnen sagte, der interne Krieg müsse aufhören und sie sollten sich von jetzt ab anständig anziehen und aufhören, verdächtig in der Gegend herumzuschleichen. Briefe, die man früher mit einer schwarzen Hand unterzeichnet hätte, sollten in Zukunft «Mit freundlichen Grüßen» schließen, und das ganze Revier würde nun gleichmäßig aufgeteilt werden, wobei Columbraros Mutter New Jersey bekäme. So entstand die Mafia oder Cosa Nostra (wörtlich «meine Zahnpasta» oder «unsere Zahnpasta»). Zwei Tage später stieg Columbraro in eine herrlich heiße Wanne, um ein Bad zu nehmen, und wurde die letzten sechsundvierzig Jahre nicht mehr gesehen.

Die Cosa Nostra ist wie jede Regierung oder große Firma – oder wie jede Gangstertruppe, um beim Thema zu bleiben – aufgebaut. An der Spitze steht der *capo di tutti capi* oder «der Boss aller Bosse». Zusammenkünfte finden bei ihm statt, und er ist dafür verantwortlich, daß kalter Aufschnitt und Eiswürfel da sind. Läßt er's daran fehlen, bedeutet das den sofortigen Tod. (Übrigens ist der Tod eins der schlimmsten Dinge, die einem Mitglied der Cosa Nostra passieren können, und viele zahlen lieber einfach eine Geldbuße.) Unter dem Boss der Bosse stehen seine Stellvertreter, von denen jeder mit seiner «Familie» einen Stadtteil regiert. Mafiafamilien bestehen nicht aus einer Mutter und Kindern, die immer brav zu solchen schönen Sachen wie Zirkus und Picknick gehen. In Wirklichkeit sind das Gruppen ziemlich ernster Männer, deren größte Freude im Leben darin besteht, zu sehen, wie lange es gewisse Leute im East River unter Wasser aushalten, ehe sie zu blubbern anfangen.

Die Aufnahme in die Mafia ist ziemlich kompliziert. Einem zukünftigen Mitglied werden erst die Augen verbunden, dann wird er in ein dunkles Zimmer geführt. Hier werden ihm Honigmelonenstückchen in die Taschen gesteckt, und er wird aufgefordert, auf einem Bein herumzuhopsen und «Kuckuck! Kuckuck!» zu schreien. Als nächstes ziehen ihm alle Mitglieder des Ausschusses oder der *commissione* die Unterlippe lang und lassen sie wieder zurückschnippen; manche können auch verlangen, es zweimal zu machen. Dann werden ihm ein paar Haferflocken auf den Kopf gelegt. Wenn er sich beklagt, scheidet er aus. Wenn er jedoch sagt: «Prima, ich liebe Haferflocken auf dem Kopf!» wird er in der Bruderschaft willkommen geheißen. Das geschieht, indem man ihn auf die Wange küßt und die Hand schüttelt. Von dem Augenblick an ist ihm nicht mehr gestattet, Chutney zu essen, seine Freunde damit zu amüsieren, daß er ein Huhn imitiert, oder irgend jemanden umzulegen, der Vito heißt.

Schlußfolgerungen

Das organisierte Verbrechen liegt wie ein Gifthauch über unserer Nation. Während viele junge Amerikaner sich durch die Aussicht auf ein bequemes Leben zu einer Verbrecherlaufbahn verlocken lassen, müssen Gangster in Wirklichkeit viel arbeiten, oft in Häusern ohne Klimaanlage. Verbrechern auf die Schliche kommen kann jeder von uns. Normalerweise erkennt man sie an ihren protzigen Manschettenknöpfen und daran, daß sie nicht zu essen aufhören, wenn der Mann, der neben ihnen sitzt, von einem herunterfallenden Amboß erschlagen wird. Die besten Methoden, das organisierte Verbrechen zu bekämpfen, sind:

1. Sagen Sie den Verbrechern, daß Sie nicht zu Hause sind.
2. Rufen Sie immer dann die Polizei, wenn eine ungewöhnlich große Anzahl Männer der Sizilianischen Wäschereigesellschaft in Ihrem Hausflur anfängt zu singen.
3. Telefone anzapfen.

Das Anzapfen des Telefons läßt sich nicht wahllos anwenden, aber die Wirksamkeit wird durch die folgende Abschrift einer Unterhaltung zwischen zwei Gangsterbossen in New York unterstrichen, deren Telefone der FBI angezapft hatte.

Anthony: Hallo? Rico?
Rico: Hallo?
Anthony: Rico?
Rico: Hallo.
Anthony: Rico?
Rico: Ich kann dich nicht hören.
Anthony: Bist du's, Rico? Ich kann dich nicht hören.
Rico: Was?
Anthony: Kannst du mich hören?
Rico: Hallo?
Anthony: Rico?
Rico: Wir haben eine schlechte Verbindung.
Anthony: Kannst du mich hören?
Rico: Hallo?
Anthony: Rico?
Rico: Hallo?
Anthony: Fräulein, wir haben eine schlechte Verbindung.
Fräulein von der Vermittlung: Legen Sie auf und wählen Sie bitte noch einmal.
Rico: Hallo?

Auf Grund dieses Beweismaterials wurden Anthony («Der Fisch») Rotunno und Rico Panzini überführt, und im Augenblick sitzen sie wegen illegalen Besitzes von Scheuerpulver fünfzehn Jahre in Sing-Sing.

Die Schmidt-Memoiren

Die anscheinend unerschöpfliche Flut von Literatur über das Dritte Reich setzt sich unvermindert fort mit den Memoiren Friedrich Schmidts, deren Veröffentlichung bald zu erwarten ist. Schmidt, der bekannteste Friseur Deutschlands während des Krieges, leistete Hitler und vielen hohen Persönlichkeiten aus Regierung und Militär seine haarkünstlerischen Dienste. Wie beim Nürnberger Prozeß treffend bemerkt wurde, schien Schmidt nicht nur stets im richtigen Augenblick an der richtigen Stelle zu sein, er besaß auch «mehr als ein absolutes Erinnerungsvermögen» und war somit in einzigartiger Weise dazu berufen, diesen eindrucksvollen Leitfaden des Seeleninneren Nazi-Deutschlands niederzuschreiben. Es folgen nun einige kurze Auszüge:

Im Frühjahr 1940 hielt ein großer Mercedes vor meinem Frisiersalon in der Königsstraße 127, und Hitler kam herein. «Nur ein bißchen versäubern», sagte er, «und nehmen Sie oben nicht zuviel weg.» Ich erklärte ihm, daß er wohl etwas warten müsse, denn Herr von Ribbentrop sei noch vor ihm dran. Hitler sagte, er habe es eilig, und fragte Ribbentrop, ob er nicht als nächster drankommen könne, aber Ribbentrop betonte, daß es im Außenministerium einen schlechten Eindruck machte, wenn man ihn überginge. Hitler rief darauf rasch irgendwo an, Ribbentrop wurde auf der Stelle zum Afrikakorps versetzt, und

Hitler bekam seinen Haarschnitt. So ging es mit den Rivalitäten die ganze Zeit weiter. Einmal ließ Göring Heydrich unter Vorspiegelung falscher Tatsachen verhaften, um den Stuhl am Fenster zu bekommen. Göring war hemmungslos und wollte zum Haarschneiden öfters auf dem Schaukelpferdchen sitzen. Die Naziführung geriet dadurch in Verlegenheit, konnte aber nichts machen. Eines Tages aber forderte Heß ihn heraus. «Heute möchte ich das Schaukelpferdchen haben, Herr Feldmarschall», sagte er.

«Unmöglich. Ich habe es für mich reservieren lassen», giftete Göring zurück.

«Ich habe Anweisungen direkt vom Führer. Sie besagen, daß mir gestattet werden soll, zu meinem Haarschnitt auf dem Schaukelpferd zu sitzen.» Und Heß holte einen entsprechenden Brief Hitlers hervor. Göring erbleichte. Das verzieh er Heß nie und sagte, daß er sich in Zukunft von seiner Frau die Haare zu Hause mit einem Topf auf dem Kopf schneiden lassen werde. Hitler lachte, als er das hörte, aber Göring meinte es ernst und hätte seine Drohung auch wahrgemacht, wenn der Kriegsminister seinen Antrag auf eine Ausdünnschere nicht abgelehnt hätte.

Ich bin gefragt worden, ob ich mir der moralischen Tragweite meines Handelns bewußt war. Wie ich dem Gericht in Nürnberg schon sagte, wußte ich nicht, daß Hitler Nazi war. Die Wahrheit ist, daß ich jahrelang dachte, er arbeite für die Post. Als ich schließlich dahinterkam, was für ein Ungeheuer er war, war es zu spät, noch etwas zu tun, weil ich eine Anzahlung für ein paar Möbel geleistet hatte. Einmal, gegen Ende des Krieges, überlegte ich, ob ich die Halsbinde des Führers nicht lokkern und ihm ein paar kurze Härchen den Rücken runterrutschen lassen sollte, aber im letzten Augenblick machten meine Nerven nicht mit.

In Berchtesgaden wandte sich Hitler eines Tages an mich und fragte: «Wie würde ich mit Koteletten aussehen?» Speer lachte, und Hitler war beleidigt. «Ich meine es todernst, Herr Speer», sagte er, «ich glaube, mir könnten Koteletten stehen.» Göring, dieser schleimende Hanswurst, stimmte sofort zu und sagte: «Der Führer mit Koteletten – welch hervorragende Idee!» Speer widersprach noch immer. Er war wirklich der einzige, der integer genug war, es dem Führer gleich zu sagen, wenn dieser einen Haarschnitt nötig hatte. «Zu auffallend», sagte Speer nun. «Koteletten sind etwas, was ich eher mit Churchill in Verbindung bringen würde.» Hitler wurde wütend. Ob denn Churchill Koteletten in Erwägung zöge, wollte er wissen, und wenn ja, wie viele und wann? Himmler, angeblich der Leiter der Spionageabteilung, wurde sofort herbeizitiert. Göring ärgerte sich über Speers Haltung und flüsterte ihm zu: «Warum machen Sie denn so einen Aufstand? Wenn er Koteletten haben will, lassen Sie ihn doch!» Speer, der sonst immer bis zum Gehtnichtmehr taktvoll war, nannte Göring einen Heuchler und «Kräuterquark in deutscher Uniform». Göring schwor Rache, und später erzählte man sich, er habe von einer SS-Spezialeinheit Speers Bett bespitzeln lassen.

Himmler kam völlig aufgelöst angerast. Er war mitten in einer Steptanzstunde gewesen, als das Telefon klingelte und er nach Berchtesgaden beordert wurde. Er fürchtete, es handle sich um die fehlgeleitete Ladung einiger Tausend spitzer Karnevalhütchen, die Rommel für seine Winteroffensive zugesagt worden waren. (Himmler war es nicht gewohnt, nach Berchtesgaden zum Abendessen eingeladen zu werden, denn er konnte schlecht sehen, und Hitler ertrug es nicht, ansehen zu müssen, wie Himmler die Gabel an sein Gesicht führte und sich dann das Essen irgendwo an die Backe klebte.) Himmler wußte, daß irgendwas nicht stimmte, denn Hitler nannte ihn Brillenschlange, was er nur tat, wenn er verärgert war. Plötzlich wandte sich der Führer an ihn und brüllte: «Läßt sich Churchill Koteletten stehen?»

Himmler wurde rot.

«Na, was ist?»

Himmler sagte, es habe die Nachricht gegeben, daß Churchill Koteletten in Erwägung zöge, aber das sei alles inoffiziell. Was Größe und Anzahl betreffe, erklärte er, so seien es wahrscheinlich zwei mittlerer Länge, aber niemand wolle was sagen, bevor man nicht ganz sicher sein könne. Hitler schrie und schlug mit der Faust auf den Tisch. (Das war für Göring ein Triumph über Speer.) Hitler zog eine Landkarte hervor und erläuterte uns, wie er glaube, England vom Nachschub heißer Handtücher abschneiden zu können. Mit der Blockade der Dardanellen könne Dönitz verhindern, daß die Handtücher an Land gebracht und den Engländern über die ängstlich wartenden Gesichter gebreitet würden. Aber die grundsätzliche Frage blieb: Konnte Hitler bei den Koteletten Churchill den Rang ablaufen? Himmler sagte, Churchill habe einen Vorsprung, und es wäre vielleicht unmöglich, ihn noch einzuholen. Göring, dieser gedankenlose Optimist, sagte, dem Führer könnten die Koteletten möglicherweise schneller wachsen, wenn es uns gelinge, die ganze Kraft Deutschlands zu einer geballten Anstrengung zusammenzuraffen. Von Rundstedt erklärte jedoch auf einer Generalstabssitzung, es wäre ein Fehler zu versuchen, die Koteletten auf zwei Seiten gleichzeitig in Angriff zu nehmen, und riet, daß es klüger wäre, alle Anstrengungen auf eine gelungene Kotelette zu konzentrieren. Hitler sagte, er schaffe es auf beiden Backen gleichzeitig. Rommel stimmte von Rundstedt zu. «Sie werden niemals gleichmäßig, mein Führer», sagte er. «Nicht, wenn Sie sie drängen.» Hitler wurde wütend und sagte, das wäre seine Angelegenheit und die seines Friseurs. Speer versprach, daß er unsere Rasiercreme-Produktion bis zum Herbst verdreifachen könne, und Hitler wurde übermütig. Im Winter 1942 leiteten die Russen dann eine Gegenoffensive ein, und die Koteletten kamen zum Stillstand. Hitler wurde immer verzweifelter, denn er fürchtete, Churchill könne bald fabelhaft aussehen und er noch immer nur «durchschnittlich», aber wenig später erreichte uns die Nachricht, Churchill habe den Kotelettenplan als zu kostspielig aufgegeben. Wieder einmal hatte sich gezeigt, daß der Führer recht hatte.

Nach der Invasion der Alliierten wurde Hitlers Haar trocken und widerspenstig. Das lag zum Teil am Erfolg der Alliierten und zum Teil am Rat Goebbels', der ihm gesagt hatte, er solle es jeden Tag waschen. Als General Guderian das hörte, kehrte er sofort von der Ostfront zurück und sagte dem Führer, er dürfe sein Haar nicht öfter als dreimal die Woche waschen. Dieses Verfahren habe der Generalstab in zwei vorangegangenen Kriegen mit großem Erfolg angewandt. Aber Hitler setzte sich wieder einmal über seine Generäle hinweg und wusch es weiterhin jeden Tag. Bormann war Hitler beim Nachspülen behilflich und schien ständig mit einem Kamm zur Stelle zu sein. Schließlich wurde Hitler von Bormann abhängig, und bevor er in einen Spiegel sah, ließ er Bormann immer als ersten hineinsehen. Als die alliierten Truppen nach Osten vorstießen, wurde der Zustand von Hitlers Haaren immer schlechter. Sie waren trocken und ungekämmt, und oftmals wütete er stundenlang, wie schön er sich die Haare schneiden und sich rasieren und vielleicht sogar die Schuhe putzen ließe, wenn Deutschland erst den Krieg gewonnen hätte. Heute ist mir klar, daß er nie die Absicht hatte, alles das zu tun.

Eines schönen Tages nahm Heß die Haarwasserflasche des Führers und begab sich in einem Flugzeug nach England. Die deutsche Führung geriet in Zorn. Man hatte das Gefühl, Heß plane, die Flasche den Alliierten im Tausch gegen seine Amnestierung auszuhändigen. Hitler war besonders wütend, als er die Nachricht hörte, weil er gerade unter der Dusche gewesen war und sich jetzt kämmen wollte. (Heß erklärte später in Nürnberg, daß er, im Bestreben, den Krieg zu beenden, den Plan hatte, Churchill eine Kopfmassage zu verabreichen. Er hatte schon erreicht, daß Churchill sich über das Waschbecken beugte, da wurde er verhaftet.)

Gegen Ende 1944 ließ sich Göring einen Schnurrbart wachsen, und es kam das Gerücht auf, er solle Hitler bald ablösen. Hitler war wütend und beschuldigte Göring der Untreue. «Es darf nur einen Schnurrbart bei den Führern des Reichs geben, und das ist meiner!» schrie er. Göring wandte ein, daß zwei Schnurrbärte dem deutschen Volk ein größeres Gefühl der Hoffnung im Krieg geben könnten, um den es schlecht stand, aber Hitler meinte, nein. Dann, im Jahre 1945, schlug eine Verschwörung mehrerer Offiziere fehl, die Hitler im Schlaf den Schnurrbart abschneiden und Dönitz zum neuen Führer ausrufen wollten, weil von Stauffenberg im Dunkeln in Hitlers Schlafzimmer dem Führer aus Versehen eine Augenbraue abrasierte. Es wurde der Ausnahmezustand verkündet, und plötzlich erschien Goebbels in meinem Laden. «Eben ist ein Attentat auf den Schnurrbart des Führers verübt worden, jedoch ohne Erfolg», sagte er zitternd. Goebbels veranlaßte, daß ich im Radio eine Ansprache an das deutsche Volk hielte, was ich mit einem Minimum an Notizzettelchen auch tat. «Der Führer ist wohlauf», versicherte ich. «Er hat noch seinen Schnurrbart. Ich wiederhole: Der Führer hat noch seinen Schnurrbart. Eine Verschwörung, ihn zu rasieren, ist gescheitert.»

Kurz vor dem Ende kam ich zu Hitler in den Bunker. Die alliierten Armeen umzingelten Berlin, und Hitler fühlte, daß, wenn die Russen als erste kämen, er einen Radikalschnitt nötig haben würde, wenn es aber die Amerikaner wären, es bei einem leichten Versäubern bleiben könne. Alle stritten sich. Da wollte Bormann mittendrin plötzlich rasiert werden, und ich versprach ihm, einige Vorschläge dazu auszuarbeiten. Hitler wurde immer mürrischer und einsamer. Er sprach davon, daß er sich das Haar von Ohr zu Ohr scheiteln wolle, und behauptete dann, die Entwicklung des Elektrorasierers werde den Krieg für Deutschland entscheiden. «Wir werden in der Lage sein, uns in wenigen Sekunden zu rasieren, was, Schmidt?» murmelte er. Er erwähnte andere wilde Pläne und sagte, daß er sich eines Tages die Haare nicht schneiden, sondern ondulieren lassen werde. Von absoluter Größe besessen wie üblich, schwor er, er werde schließlich noch eine gewaltige Pompadourfrisur tragen, «die die Welt erzittern lassen wird und eine ganze Ehrengarde zum Frisieren erfordert». Endlich schüttelten wir uns die Hand, und ich schnitt ihm ein letztes Mal die Haare. Er gab mir einen Pfennig Trinkgeld. «Ich wollte, es wäre mehr», sagte er, «aber seit die Alliierten Europa überrannt haben, bin ich etwas knapp bei Kasse.»

Meine Philosophie

Die Entstehung meiner Philosophie ging folgendermaßen vor sich: Als meine Frau mich von ihrem ersten Soufflé kosten lassen wollte, ließ sie aus Versehen einen Löffel voll auf meinen Fuß fallen, was mir mehrere kleine Knochen brach. Ärzte wurden zugezogen, Röntgenaufnahmen gemacht und gesichtet, und ich mußte einen Monat fest im Bett liegen. Während meiner Genesung wandte ich mich den Werken einiger der bedeutendsten Denker der abendländischen Gesellschaft zu – ein Stapel Bücher, den ich extra für so eine Gelegenheit beiseite getan hatte. Ohne auf die chronologische Ordnung zu achten, fing ich mit Kierkegaard und Sartre an und ging dann schnell zu Spinoza, Hume, Kafka und Camus über. Das langweilte mich gar nicht so, wie ich gedacht hatte; im Gegenteil, ich war fasziniert von der Munterkeit, mit der diese großen Geister entschlossen der Moral, Kunst, Ethik, dem Leben und dem Tode zu Leibe rückten. Ich erinnere mich an meine Reaktion auf eine der typischen glänzenden Erkenntnisse Kierkegaards: «Eine solche Beziehung, die sich selbst auf das eigene Selbst bezieht (das heißt, ein Selbst), muß sich entweder selbst entwickelt haben oder von einem anderen entwickelt worden sein.» Diese Einsicht trieb mir die Tränen in die Augen. Mein Gott, dachte ich, so gescheit müßte man sein! (Ich bin jemand, der Mühe hat, zwei vernünftige Sätze zum Thema «Ein Tag im Zoo» zu schreiben.) Gewiß, diese Passage war mir absolut unverständlich, aber was sagte das, solange Kierkegaard Spaß daran gehabt hatte. Plötzlich überzeugt davon, daß die Metaphysik genau das wäre, was ich schon immer hätte tun sollen, nahm ich meinen Federhalter und fing sofort an, meine eigenen Betrachtungen zu notieren. Die Arbeit ging flott voran, und in nur zwei Nachmittagen – die Zeit für das Nickerchen und die Versuche, dem Bär die beiden kleinen Kügelchen in die Augen kullern zu lassen, nicht gerechnet – hatte ich das philosophische Werk vollendet, das, hoffe ich, bis nach meinem Tode oder bis zum Jahre 3000 (egal, was zuerst eintrifft) nicht veröffentlicht wird, und von dem ich in aller Bescheidenheit glaube, daß es mir einen Ehrenplatz unter den bedeutendsten Denkern der Geschichte sichern wird. Hier nun nur eine kleine Kostprobe aus der Masse geistiger Kostbarkeiten, die ich für die Nachwelt aufbewahre, oder so lange, bis die Putzfrau kommt.

I. Die Kritik des Reinen Schreckens

Bei der Darlegung jeder Philosophie muß die erste Überlegung immer die sein: Was können wir erkennen? Das heißt, wovon können wir sicher sein, daß wir es kennen, oder sicher sein, daß wir wissen, wir kannten es, wenn es überhaupt wirklich erkennbar ist. Oder haben wir es bloß einfach vergessen und sind zu verlegen, irgendwas zu sagen? Descartes wies auf das Problem hin, als er schrieb: «Mein Geist kann niemals meinen Körper erkennen, obgleich er mit meinen Beinen auf ziemlich freundschaftlichem Fuße steht.» Mit «erkennbar» meine ich nebenbei nicht, was durch die Wahrnehmung der Sinne erkannt oder vom Geist erfaßt werden kann, sondern eher das, wovon man sagen könnte, daß es bekannt ist oder Kenntnis oder Erkenntnis besitzt oder wenigstens etwas ist, was man einem Freund mitteilen kann.

Können wir das Universum wirklich «kennen»? Mein Gott, es ist doch schon schwierig genug, sich in Chinatown zurechtzufinden. Der springende Punkt ist doch: Gibt es da draußen irgendwas? Und warum? Und muß man so einen Lärm darum machen? Schließlich kann es keinen Zweifel darüber geben, daß das einzig Charakteristische der «Wirklichkeit» ihr Mangel an Substanz ist. Das soll nicht heißen, daß sie keine Substanz besitzt, sie fehlt ihr bloß. (Die Wirklichkeit, von der ich hier spreche, ist dieselbe, die Hobbes beschrieb, nur ein bißchen kleiner.) Darum könnte das Diktum Descartes': «Ich denke, also bin ich» besser mit «Guck mal, da geht Edna mit einem Saxophon» ausgedrückt werden. Um also ein Wesen oder eine Idee zu erkennen, müssen wir sie anzweifeln, um auf diese Weise, durch das Zweifeln nämlich, dahin zu kommen, die Qualitäten, die sie in ihrer Begrenztheit besitzen, zu verstehen, und die genau «im Ding an sich» oder «aus dem Ding an sich» oder aus etwas oder nichts bestehen. Wenn das begriffen worden ist, können wir die Erkenntnislehre für einen Augenblick verlassen.

II. Die eschatologische Dialektik als Mittel gegen die Gürtelrose

Wir können sagen, daß das Universum aus einem Stoff besteht, und diesen Stoff wollen wir «Atome» nennen, sonst nennen wir ihn eben «Monaden». Demokrit nannte ihn Atome, Leibniz nannte ihn Monaden. Glücklicherweise sind diese beiden Männer einander nie begegnet, sonst hätte es sicher sehr törichte Streitereien gegeben. Diese «Partikel» wurden durch irgendeine Ursache oder ein Grundprinzip in Bewegung gesetzt, vielleicht fiel auch bloß irgendwas irgendwohin. Der springende Punkt ist, daß es jetzt zu spät ist, in dieser Angelegenheit noch etwas zu unternehmen, außer möglicherweise viel rohen Fisch zu essen. Das erklärt selbstverständlich nicht, warum die Seele unsterblich ist. Noch sagt es irgend etwas über ein Leben nach dem Tode aus, oder über das Gefühl meines Onkels Sender, von Albanern verfolgt zu werden. Der Kausalzusammenhang zwischen dem Grundprinzip (d. h. Gott oder einem heftigen Wind) und jedem teleologischen Begriff des Seins (Das Sein) ist Pascal zufolge «so lächerlich, daß er nicht einmal komisch ist» (Das Komische). Schopenhauer nannte dies den «Willen», aber sein Arzt diagnostizierte es als Heuschnupfen. In seinen späteren Jahren wurde er darüber verbittert, oder noch wahrscheinlicher über seinen wachsenden Verdacht, er sei nicht Mozart.

III. Der Kosmos für fünf Dollar pro Tag

Was also heißt «schön»? Die Verschmelzung der Harmonie mit dem Geraden oder die Verschmelzung der Harmonie mit etwas, was gerade so klingt wie «das Gerade»? Möglicherweise hätte die Harmonie mit «dem Gerede» verschmolzen werden sollen, und das ist es nun, was uns solche Scherereien macht. Die Wahrheit freilich ist die Schönheit – oder «das Notwendige». Das heißt, was gut ist oder die Qualitäten des «Guten» besitzt, läuft auf die «Wahrheit» hinaus. Wenn es das nicht tut, kann man wetten, daß die Sache nicht schön ist, obgleich sie dennoch wasserdicht sein kann. Ich fange an zu glauben, daß ich von Anfang an recht hatte und daß alles mit dem Gerede hätte verschmolzen werden sollen. Na gut.

Zwei Parabeln

Ein Mann nähert sich einem Palast. Der einzige Eingang wird von ein paar grimmigen Teutonen bewacht, die nur Leute namens Julius reinlassen wollen. Der Mann versucht, die Wachen zu bestechen, indem er ihnen anbietet, sie ein Jahr lang mit den delikatesten Brathähnchen-Spezialitäten zu versorgen. Sie weisen sein Angebot weder zurück, noch nehmen sie es an, sie fassen ihn bloß bei der Nase und drehen sie, bis sie wie ein Korkenzieher aussieht. Der Mann sagt, es sei dringend notwendig, daß er in den Palast hineinkäme, weil er dem Kaiser frische Unterwäsche bringe. Als die Wachen das weiter ablehnen, beginnt der Mann, Charleston zu tanzen. Sie scheinen Spaß an seinem Getanze zu haben, verlieren aber bald die Laune wegen der schlechten Behandlung der Navajos durch die Bundesregierung. Außer Atem bricht der Mann zusammen. Er stirbt, ohne jemals den Kaiser gesehen zu haben, und mit sechzig Dollar Schulden bei Steinway für ein Klavier, das er im August von ihnen gemietet hatte.

Man übergibt mir eine Botschaft, die ich einem General überbringen soll. Ich reite und reite, aber das Hauptquartier des Generals scheint sich weiter und weiter zu entfernen. Schließlich springt ein riesenhafter Panther auf mich und verschlingt mein Herz und meinen Verstand. Das vermurkst mir vollkommen den schönen Abend. Wie sehr ich mich auch bemühe, den General kriege ich nicht zu fassen; ich sehe ihn in der Ferne in seinen Unterhosen herumrennen und seinen Feinden das Wort «Muskatnuß» zuflüstern.

Aphorismen

Es ist unmöglich, unvoreingenommen seinen eigenen Tod zu erleben und ruhig weiterzusingen.

Das Universum ist bloß eine flüchtige Idee im Geiste Gottes – ein ziemlich unbehaglicher Gedanke, besonders, wenn man gerade die Anzahlung für ein Haus geleistet hat.

Das ewige Nichts ist okay, wenn man entsprechend gekleidet ist.

Wenn doch Dionysos noch lebte! Wo würde er essen?

Es gibt nicht nur keinen Gott, sondern versuch mal, am Wochenende einen Klempner zu kriegen.

Ja, aber kriegt die Dampfmaschine das denn fertig?

Ich blätterte gerade in einer Illustrierten herum, während ich darauf wartete, daß Josef K., mein Beagle, aus seiner regelmäßigen Donnerstags-Dreiviertelstunden-Sitzung bei einem Therapeuten an der Park Avenue rauskäme – einem Tiermediziner der Jung-Schule, der für fünfzig Dollar pro Sitzung heldenhaft daran arbeitet, ihn davon zu überzeugen, daß Halsfalten keine soziale Unterlegenheit bedeuten –, als ich ganz unten auf der Seite auf einen Satz stieß, der mir ins Auge fiel wie die Mitteilung der Bank, ich hätte mein Konto überzogen. Es war eine Meldung wie viele andere auch in einem von diesen Blättern aus der Gerüchteküche, die Überschriften wie «Unglaublich, aber wahr» oder «Wetten, das wußten Sie nicht» haben, aber die Bedeutung dieser Meldung erschütterte mich mit der Macht der Eingangsklänge von Beethovens Neunter. «Das Sandwich», lautete sie, «wurde vom Grafen Sandwich erfunden.» Überwältigt von dieser Nachricht, las ich sie noch einmal und brach unwillkürlich in Zittern aus. Meinem Geist schwindelte, als er sich die unerhörten Träume, Hoffnungen und Hindernisse zu vergegenwärtigen begann, die in die Erfindung des ersten Sandwichs eingegangen sein mußten. Meine Augen wurden feucht, als ich aus dem Fenster auf die schimmernden Türme der Stadt sah, und ich empfand einen Hauch Ewigkeit, als ich über die unauslöschliche Stellung des Menschen im Universum staunte. Der Mensch, der Erfinder! Da Vincis Notizhefte tauchten vor mir auf – mutige Pläne zu den hochfliegendsten Vorhaben der Menschheit. Ich dachte an Aristoteles, Dante, Shakespeare. Die erste Folio. Newton. Händels *Messias*. Monet. Den Impressionismus. Edison. Den Kubismus. Strawinsky. $E = mc^2$ …

Ein geistiges Abbild des ersten Sandwichs fest vor Augen, wie es in seiner Vitrine im Britischen Museum liegt, verbrachte ich die folgenden drei Monate damit, eine kurze Biographie seines großen Erfinders, Seiner durchlauchtigsten Durchlaucht des Grafen, auszuarbeiten. Obwohl mein Verständnis von Geschichte ein bißchen wacklig ist und obwohl mein Sinn für Übertreibungen den eines durchschnittlichen LSD-Schluckers weit in den Schatten stellt, hoffe ich doch, letztlich das Wesen dieses nicht genugsam gewürdigten Genies eingefangen zu haben, und wünsche ich, daß diese kümmerlichen Notizen einen wahren Historiker dazu inspirieren möchten, hieraus zu schöpfen.

1718: Geburt des Grafen von Sandwich, die Eltern gehören der Oberschicht an. Der Vater hat das Vergnügen, Bestallter Ober-Rosse-Schuhmacher seiner Majestät des Königs zu sein – eine Stellung, an der er mehrere Jahre großen Gefallen hat, bis er dahinterkommt, daß er Hufschmied ist, und erbittert resigniert. Die Mutter ist eine einfache Hausfrau deutscher Herkunft, deren ereignislose Speisekarte vor allem Schweineschmalz und Haferschleim enthält, wenn sie auch einen Hang zu kulinarischer Phantasie in ihrer Fähigkeit beweist, eine passable Weincreme zusammenzumixen.

1725–35: Besucht die Schule, wo er Unterricht in Reiten und Latein erhält. In der Schule kommt er zum erstenmal mit Aufschnitt in Berührung, und er legt ein ungewöhnliches Interesse an dünn geschnittenen Roastbeef-Streifen und Schinkenscheiben an den Tag. Bis zum Schulabschluß wächst sich das zur Besessenheit aus, und obwohl seine Abschlußarbeit über «Analyse und Begleitphänomene der Zwischenmahlzeiten» in der Lehrerschaft auf Interesse stößt, halten seine Klassenkameraden ihn für überspannt.

1736: Tritt auf Geheiß seiner Eltern in die Universität Cambridge ein, um Rhetorik und Metaphysik zu studieren, zeigt aber für beides wenig Begeisterung. Er lehnt sich gegen alles Akademische auf und wird beschuldigt, Brotlaibe gestohlen und damit widernatürliche Experimente gemacht zu haben. Anklagen der Ketzerei führen zu seinem Rausschmiß.

1738: Enterbt macht er sich auf den Weg nach Skandinavien, wo er drei Jahre mit intensiven Käsestudien verbringt. Er ist von den vielen Sardinensorten, denen er begegnet, sehr begeistert und schreibt in sein Tagebuch: «Ich bin überzeugt, daß es jenseits von allem, was der Mensch bereits erreicht hat, eine bleibende Wirklichkeit in der Zusammenstellung von Nahrungsmitteln gibt. Vereinfachen! Vereinfachen!» Bei seiner Rückkehr nach England lernt er Nell Smallbore kennen, die Tochter eines Gemüsehändlers, und die beiden heiraten. Von ihr wird er alles lernen, was er jemals über Salat wissen wird.

1741: Sie leben auf dem Lande von einer kleinen Erbschaft, und er arbeitet Tag und Nacht, oft am Essen sparend, um Geld für Lebensmittel zu erübrigen. Sein erstes vollendetes Werk – eine Scheibe Brot, eine weitere Scheibe Brot auf dieser und eine Scheibe kalte Pute auf den beiden Brotscheiben – fällt kläglich durch. Bitter enttäuscht kehrt er in sein Arbeitszimmer zurück und fängt wieder von vorn an.

1745: Nach vier Jahren irrsinniger Arbeit ist er überzeugt, an der Schwelle des Erfolges zu stehen. Er stellt vor seinen Zeitgenossen zwei Scheiben Pute mit einer Scheibe Brot dazwischen aus. Sein Werk wird von allen abgelehnt, außer von David Hume, der fühlt, daß etwas Großes bevorsteht, und ihn ermutigt. Durch die Freundschaft des Philosophen wiederaufgerichtet, begibt er sich mit neuer Tatkraft an die Arbeit.

1747: Völlig verarmt, kann er es sich nicht mehr leisten, mit Roastbeef und Pute zu arbeiten, und wendet sich dem Schinken zu, der billiger ist.

1750: Im Frühjahr stellt er eine Kreation aus drei aufeinandergelegten Scheiben Schinken aus und erläutert sie; das erregt einiges Interesse, vor allem in intellektuellen Kreisen, aber das allgemeine Publikum bleibt unbeeindruckt. Drei Brotscheiben aufeinander tragen zu seinem Ansehen bei, und obgleich ein reifer Stil noch nicht erkennbar ist, schickt Voltaire nach ihm.

1751: Reise nach Frankreich, wo der Dramatiker und Philosoph einige interessante Ergebnisse mit Brot und Mayonnaise erzielt hat. Die beiden Männer freunden sich an und beginnen einen Briefwechsel, der erst abrupt endet, als Voltaire die Briefmarken ausgehen.

1758: Seine zunehmende Wertschätzung bei den Meinungsmachern der Nation bringt ihm einen Auftrag der Königin ein, «etwas Besonderes» für ein zweites Frühstück mit dem spanischen Botschafter anzurichten. Er arbeitet Tag und Nacht und zerreißt Hunderte von Entwürfen, aber endlich – am 27. April 1758, morgens 4 Uhr 17 – schafft er ein Werk, das aus mehreren Schinkenstreifen besteht, die oben und unten von zwei Scheiben Roggenbrot umschlossen sind. In einem plötzlichen Anfall von Begeisterung garniert er das Werk mit Mostrich. Das ist augenblicklich eine

Sensation, und er wird beauftragt, für den Rest des Jahres alle Samstagsfrühstücke zuzubereiten.

1760: Er häuft Erfolg auf Erfolg, indem er aus Roastbeef, Hühnchen, Zunge und nahezu jedem erdenklichen Aufschnitt «Sandwiches» herstellt, wie sie ihm zu Ehren nun genannt werden. Da er nicht bereit ist, ausprobierte Rezepte zu wiederholen, sucht er nach neuen Ideen und erfindet das Kombisandwich, wofür er den Hosenbandorden erhält.

1769: Er lebt auf einem Landsitz und wird von den bedeutendsten Männern seines Jahrhunderts besucht: Haydn, Kant, Rousseau und Benjamin Franklin halten sich in seinem Haus auf, von denen einige seine bemerkenswerten Schöpfungen bei Tisch genießen, andere sie sich einpacken lassen.

1778: Obwohl er physisch altert, strebt er noch immer nach neuen Formen und schreibt in sein Tagebuch: «Ich arbeite bis spät in die kalten Nächte hinein und toaste jetzt alles in dem Bestreben, mich warm zu halten.» Im weiteren Verlauf des Jahres erregt sein aufgeklapptes heißes Roastbeef-Sandwich durch seine Offenheit einen Skandal.

1783: Um seinen fünfundsechzigsten Geburtstag feierlich zu begehen, erfindet er den Hamburger und unternimmt höchstpersönlich eine Rundreise durch die großen Hauptstädte der Welt, um in Konzertsälen vor großen, andächtigen Auditorien Hackfleischklopse zu braten. In Deutschland schlägt Goethe vor, sie auf Semmeln zu servieren – eine Idee, die den Grafen entzückt, und vom Autor des *Faust* sagt er: «Dieser Goethe, der ist vielleicht ein Kerl!» Diese Bemerkung entzückt wiederum Goethe, obwohl sie sich im Jahr darauf über die Begriffe «englisch», «medium» und «durch» intellektuell entzweien.

1790: Anläßlich einer Retrospektive seiner Werke in London erkrankt er plötzlich an Brustschmerzen, und man nimmt an, er werde sterben, er erholt sich aber hinreichend, um die Herstellung eines Helden-Sandwichs durch ein Team begabter Nachfolger zu überwachen. Die Enthüllung in Italien bewirkt einen Volksaufstand, und es bleibt von allen Kritikern, abgesehen von wenigen, mißverstanden.

1792: Er bekommt O-Beine, die er nicht rechtzeitig behandeln läßt, und erliegt ihnen im Schlaf. Er wird in der Westminster-Abtei zur letzten Ruhe gebettet, und Tausende betrauern sein Hinscheiden. Bei seiner Beerdigung faßt der große deutsche Dichter Hölderlin seine Leistungen mit unverhüllter Ehrerbietung zusammen: «Er befreite die Menschheit vom warmen Mittagessen. Wir schulden ihm so viel.»

Der Tod klopft

(Das Stück spielt im Schlafzimmer von Nat Ackermanns zweistöckigem Haus irgendwo in Kew Gardens. Teppichboden von Wand zu Wand. Ein breites Doppelbett und ein großer Toilettentisch. Das Zimmer ist geschmackvoll mit Möbeln und Gardinen ausgestattet, und an den Wänden hängen mehrere Gemälde und ein nicht eben hinreißendes Barometer. Beim Aufgehen des Vorhangs ertönt leise Musik. Nat Ackermann, ein glatzköpfiger, dickbäuchiger, siebenundfünfzigjähriger Kleiderfabrikant, liegt auf dem Bett und liest die Abendausgabe der Daily News *zu Ende. Er trägt einen Morgenmantel und Pantoffeln und liest im Licht einer Bettlampe, die am weißen Kopfteil des Bettes festgeklemmt ist. Es ist kurz vor Mitternacht. Plötzlich hören wir ein Geräusch, Nat setzt sich auf und sieht zum Fenster.)*

Nat: Was zum Kuckuck ist das denn?

(Durch das Fenster klettert ungeschickt eine dunkle, mit einem Cape bekleidete Gestalt. Der Eindringling trägt eine schwarze Kapuze und hautenge schwarze Kleider. Die Kapuze bedeckt den Kopf, nicht aber sein Gesicht, das mittleren Alters und schneeweiß ist. In seiner Erscheinung ähnelt er irgendwie Nat. Er pustet hörbar, stolpert dann über die Fensterbank und fällt ins Zimmer.)

Tod *(denn es ist niemand anders)*: Jessas, ich habe mir fast das Genick gebrochen.

Nat *(betrachtet ihn verwirrt)*: Wer sind denn Sie?

Tod: Der Tod.

Nat: Wer?

Tod: Der Tod. Hör mal – darf ich mich vielleicht setzen? Ich hab mir fast das Genick gebrochen. Ich zittere wie Espenlaub.

Nat: *Wer* sind Sie?

Tod: Der *Tod*. Hast du vielleicht ein Glas Wasser?

Nat: Der Tod? Was meinen Sie damit: der Tod?

Tod: Was ist denn los mit dir? Du siehst den schwarzen Dress hier und mein weißgeschminktes Gesicht?

Nat: Sicher.

Tod: Ist vielleicht Karneval?

Nat: Nein.

Tod: Also bin ich der Tod. Kann ich jetzt 'n Glas Wasser bekommen – oder vielleicht 'ne Limo?

Nat: Wenn das ein Witz sein soll ...

Tod: Wieso denn Witz? Du bist siebenundfünfzig? Nat Ackermann? Pacific Street 118? Wenn ich 'n jetzt bloß nicht verbaselt habe – wo habe ich denn den Einberufungsbefehl? (*Er kramt in der Tasche herum und zieht schließlich eine Karte mit einer Adresse heraus. Sie scheint zu stimmen.*)

Nat: Was hast du mit mir vor?

Tod: Was ich vorhabe? Na, was meinst du wohl?

Nat: Du willst mich wohl veräppeln? Ich bin absolut gesund.

Tod *(unbeeindruckt)*: Jaja. *(Sieht sich um.)* Hübsch hier. Selbst gemacht?

Nat: Wir hatten einen Dekorateur, aber wir haben auch was beigetragen.

Tod *(betrachtet ein Bild an der Wand)*: Ich mag solche Knirpse mit großen Augen.

Nat: Ich möchte noch nicht gehen.

Tod: *Du* möchtest nicht gehen? Überlaß mir doch das bitte. Mir dreht sich sowieso noch alles vom Aufstieg.

Nat: Von welchem Aufstieg?

Tod: Ich bin an der Regenrinne raufgeklettert. Ich wollte 'n hochdramatischen Auftritt landen. Ich sehe die großen Fenster, und du bist wach und liest. Ich denke, das lohnt doch 'n Knalleffekt. Ich stelle mir vor, ich klettere hoch und komm rein mit so 'm kleinen – du weißt schon ... *(Er schnipst mit dem Finger.)* Inzwischen bleibe ich mit dem Absatz an irgendwelchen Weinranken hängen, die Regenrinne bricht ab, und ich hänge am seidenen Faden. Dann fängt auch noch mein Cape an zu reißen. Ach komm, laß uns doch einfach gehen. Die Nacht war schon mühselig genug.

Nat: Du hast meine Dachrinne kaputtgemacht?

Tod: Kaputtgemacht? Sie ist nicht kaputt. Bloß ein bißchen verbogen. Hast du nichts gehört? Ich bin doch auf die Erde geknallt.

Nat: Ich habe gelesen.

Tod: Da mußt du aber wirklich vertieft gewesen sein. *(Hebt die Zeitung auf, die Nat gelesen hat.)* «STUDENTINNEN BEI HASCHORGIE ERWISCHT.» Kann ich das mal ausleihen?

Nat: Ich bin noch nicht fertig.

Tod: Äh – ich weiß nicht, wie ich's dir beibringen soll, *amigo* ...

Nat: Warum hast du eigentlich nicht unten geklingelt?

Tod: Ich sag dir ja, ich hätte gekonnt, aber wie sieht das aus? So ist doch ein bißchen mehr Pep in der Sache. Irgendwie. Hast du nicht *Faust* gelesen?

Nat: Was?

Tod: Und wenn du in Gesellschaft gewesen wärst? Du

sitzt da mit wichtigen Leuten. Ich bin der Tod – sollte ich vielleicht klingeln und so ohne weiteres reinspaziert kommen? Wo denkst du hin?

Nat: Hören Sie mal zu, Mister, es ist sehr spät.

Tod: Ja. Okay, du möchtest gehen?

Nat: Gehen? Wohin?

Tod: In den Tod. Weg für immer. Ins Jenseits. In die ewigen Jagdgründe. *(Besieht sich sein Knie.)* Junge, Junge, das ist aber 'ne ziemlich böse Schramme. Mein erster Job, und nun kriege ich auch noch den Brand ins Bein.

Nat: Warte doch einen Augenblick. Ich brauche Zeit. Ich bin noch nicht bereit zu gehen.

Tod: Tut mir leid. Da kann ich dir nicht helfen. Ich tät's gerne, aber der Augenblick ist gekommen.

Nat: Wie kann denn der Augenblick gekommen sein? Ich habe mich doch gerade erst mit Dernier Cri & Co. zusammengeschlossen.

Tod: Was macht das schon, ein paar Kröten mehr oder weniger.

Nat: Sicher, was interessiert das dich? Euch Burschen werden wahrscheinlich alle Spesen gezahlt.

Tod: Willst du jetzt mitkommen?

Nat *(sieht ihn aufmerksam an)*: Tut mir leid, aber ich kann's nicht glauben, daß du der Tod bist.

Tod: Warum denn? Was hast du erwartet – vielleicht Rock Hudson?

Nat: Nein, es ist nicht das.

Tod: Tut mir leid, wenn ich dich enttäuscht habe.

Nat: Reg dich nicht auf. Ich weiß halt nicht, ich dachte immer, du wärst ... äh ... größer.

Tod: Ich bin einsfünfundsiebzig. Das ist der richtige Durchschnitt bei meinem Gewicht.

Nat: Du siehst ein bißchen wie ich aus.

Tod: Wem sollte ich denn sonst ähnlich sehen? Ich bin dein Tod.

Nat: Gib mir etwas Zeit. Noch einen Tag.

Tod: Ich kann doch nicht. Was soll ich dir denn sagen?

Nat: Noch einen Tag. Vierundzwanzig Stunden.

Tod: Wozu willst du die? Das Radio hat für morgen Regen gemeldet.

Nat: Kann man da nichts machen?

Tod: Nämlich was?

Nat: Spielst du Schach?

Tod: Nein, tue ich nicht.

Nat: Ich habe mal ein Bild von dir gesehen, da spielst du Schach.

Tod: Das bin ich nicht gewesen, weil ich nicht Schach spiele. Kutscherrommé vielleicht.

Nat: Du spielst Kutscherrommé?

Tod: Ob ich Kutscherrommé spiele? Ist Paris 'ne Stadt?

Nat: Du bist da gut drin, was?

Tod: Sehr gut.

Nat: Ich sag dir, was ich mache . . .

Tod: Versuch nicht, mit mir zu handeln.

Nat: Ich spiele Kutscherrommé mit dir. Wenn du gewinnst, komme ich sofort mit. Wenn ich gewinne, gibst du mir noch etwas Zeit. Ein kleines bißchen . . . einen Tag noch.

Tod: Wer hat denn schon Zeit zum Romméspielen!?

Nat: Na los. Du bist doch so gut da drin.

Tod: Andererseits hätte ich schon mal Lust zu 'm Spielchen . . .

Nat: Komm schon. Sei kein Frosch. Wir spielen 'ne halbe Stunde.

Tod: Ich sollte das wirklich nicht.

Nat: Ich habe die Karten hier. Mach doch keinen Aufstand.

Tod: In Ordnung, also los. Wir spielen ein bißchen. Das wird mich beruhigen.

Nat *(holt Karten, Notizblock und Bleistift)*: Du wirst es nicht bereuen.

Tod: Red nicht wie ein Hausierer. Nimm die Karten und gib mir 'ne Limo und stell was Schönes zum Knabbern hin. Du lieber Himmel, da platzt dir 'n Fremder ins Haus, und du hast keine Kartoffelchips oder Brezeln da.

Nat: Unten auf einer Schüssel liegen Gummibärchen.

Tod: Gummibärchen. Und was, wenn der Präsident käme? Bekäme der auch Gummibärchen?

Nat: Du bist nicht der Präsident.

Tod: Teil aus.

(Nat teilt aus und deckt eine Fünf auf.)

Nat: Möchtest du um einen Zehntelcent pro Punkt spielen, damit es interessanter ist?

Tod: Ist es für dich noch nicht interessant genug?

Nat: Ich spiele besser, wenn's um Geld geht.

Tod: Wie du meinst, Newt.

Nat: Nat. Nat Ackermann. Weißt du denn meinen Namen nicht?

Tod: Newt, Nat – ich habe solches Kopfweh.

Nat: Willst du die Fünf?

Tod: Nein.

Nat: Dann nimm.

Tod *(mustert die Karten in seiner Hand, während er nimmt)*: Lieber Gott, ich habe bloß Luschen.

Nat: Wie ist er eigentlich?

Tod: Wie ist wer eigentlich?

(Während des Folgenden nehmen sie Karten auf und legen sie ab.)

Nat: Der Tod.

Tod: Wie sollte er schon sein? Du fällst um.

Nat: Ist irgendwas danach?

Tod: Aha, du sammelst Zweien!

Nat: Ich fragte etwas. Ist etwas danach?

Tod *(geistesabwesend)*: Das wirst du sehen.

Nat: Oh, dann werde ich tatsächlich etwas sehen?

Tod: Na ja, vielleicht hätte ich's nicht so ausdrücken sollen. Spiel aus.

Nat: Von dir 'ne Antwort zu kriegen, ist ganz schön schwierig.

Tod: Ich spiele Karten.

Nat: Okay, spiel nur, spiel nur.

Tod: Unterdessen lege ich dir eine Karte nach der anderen hin.

Nat: Du darfst die abgelegten Karten nicht durchsehen.

Tod: Ich guck sie mir ja nicht an. Ich mach sie nur gerade. Welches war die Klopfkarte?

Nat: Vier. Kannst du denn schon klopfen?

Tod: Wer sagt denn, daß ich schon klopfen möchte? Alles, was ich gefragt habe, war, welches die Klopfkarte war.

Nat: Und alles, was ich gefragt habe, war, ob es für mich was gibt, worauf ich hoffen kann.

Tod: Spiel doch.

Nat: Kannst du mir denn gar nichts sagen? Wo gehen wir hin?

Tod: Wir? Um dir die Wahrheit zu sagen, *du* klappst zu einem krumpeligen Häufchen auf dem Fußboden zusammen.

Nat: Oje, ich kann's nicht abwarten. Wird's weh tun?

Tod: Es ist in einer Sekunde vorbei.

Nat: Na, fabelhaft! *(Seufzt.)* Das fehlte mir noch. Da schließt man sich mit Dernier Cri & Co. zusammen ...

Tod: Wie ist es mit der Vier?

Nat: Klopfst du?

Tod: Reichen vier Punkte?

Nat: Nein, ich habe zwei mehr.

Tod: Du bluffst.

Nat: Nein, du verlierst.

Tod: Maria und Josef, und ich dachte, du sammelst Sechsen.

Nat: Nein. Du teilst aus. Zwanzig Punkte und zwei Kästchen. Fang an! *(Der Tod teilt aus.)* Ich muß also auf den Fußboden fallen, wie? Ich kann nicht am Sofa stehen, wenn's passiert?

Tod: Nein. Spiel!

Nat: Warum denn nicht?

Tod: Weil du auf den Fußboden fällst! Laß mich in Ruhe. Ich versuche, mich zu konzentrieren.

Nat: Warum muß es denn bloß auf den Fußboden sein? Das ist ja alles, was ich sage! Warum kann das Ganze nicht passieren, wenn ich direkt neben dem Sofa stehe?

Tod: Ich werde mein Bestes tun. Können wir jetzt spielen?

Nat: Das ist ja alles, was ich wissen will. Du erinnerst mich an Moe Lefkowitz, der ist auch so stur.

Tod: Ich erinnere ihn an Moe Lefkowitz. Ich bin eine der schrecklichsten Gestalten, die man sich nur vorstellen kann, und ihn erinnere ich an Moe Lefkowitz. Was ist der denn? Pelzhändler?

Nat: So ein Pelzhändler solltest du sein! Der ist seine achtzigtausend im Jahr wert. Posamentierwaren. Er hat 'ne eigene Fabrik. Zwei Punkte.

Tod: Was?

Nat: Zwei Punkte. Ich klopfe. Was hast du in der Hand?

Tod: Ich hab' mehr Miese als 'ne Korbballmannschaft.

Nat: Und alles Pik.

Tod: Wenn du bloß nicht so viel reden würdest.

(Sie geben wieder Karten und spielen weiter.)

Nat: Was meintest du vorhin, als du sagtest, das wäre dein erster Job?

Tod: Wie hört sich das denn an?

Nat: Willst du damit sagen – daß niemand jemals vorher wegmußte?

Tod: Natürlich mußten sie. Aber ich habe sie nicht geholt.

Nat: Und wer dann?

Tod: Andere.

Nat: Es gibt noch andere?

Tod: Klar. Jeder hat seine eigene ganz persönliche Art abzutreten.

Nat: Das wußte ich nicht.

Tod: Warum solltest du das auch wissen. Wer bist du schon?!

Nat: Was meinst du, wer ich bin? Warum – bin ich nichts?

Tod: Nicht nichts. Du bist Kleiderfabrikant. Woher hast du eigentlich deine Kenntnisse von den ewigen Mysterien?

Nat: Wovon sprichst du? Ich mache 'ne schöne Menge Dollars. Meine zwei Kinder waren auf dem College. Mein Sohn ist bei der Werbung, meine Tochter verheiratet. Ich habe ein eigenes Haus. Ich fahre einen Chrysler. Meine Frau hat, was sie will. Hausmädchen, Nerzmantel, Ferien. Gerade eben ist sie am Eden Roc. Fünfzig Dollar pro Tag, weil sie in der Nähe ihrer Schwester sein möchte. Ich soll nächste Woche auch hinkommen, also, was denkst du, wer ich bin – irgendein Nebbich von der Straße?

Tod: Okay, okay. Sei bloß nicht so empfindlich.

Nat: Wer ist denn hier empfindlich?

Tod: Und wie würde es dir gefallen, wenn man *dich* so ohne weiteres beleidigte?

Nat: Habe ich dich beleidigt?

Tod: Hast du nicht gesagt, du wärst von mir enttäuscht?

Nat: Was erwartest du denn? Möchtest du, daß ich für dich das ganze Viertel zu 'ner Party einlade?

Tod: Davon rede ich ja nicht. Ich meine mich persönlich. Ich bin zu klein, ich bin dies, ich bin jenes.

Nat: Ich sagte, du sähest wie ich aus. Es ist wie ein Spiegelbild.

Tod: Okay, teil aus, teil aus.

(Sie spielen weiter, während langsam Musik aufklingt und die Lichter dunkler werden, bis es völlig duster ist. Langsam werden die Lichter wieder heller, es ist nun später, und das Spiel ist aus. Nat prüft das Ergebnis.)

Nat: Achtundsechzig ... einsfuffzig ... Tja, du hast verloren.

Tod *(guckt enttäuscht den Kartenstapel durch)*: Ich wußte's ja, daß ich die Neun nicht abwerfen dürfte. Verdammt noch mal.

Nat: Also dann, bis morgen.

Tod: Was meinst du mit «bis morgen»?

Nat: Ich habe den Extratag gewonnen. Laß mich jetzt allein.

Tod: Du hast das ernst gemeint?

Nat: Wir hatten doch 'ne Abmachung.

Tod: Ja, aber ...

Nat: Komm mir nicht mit «aber». Ich habe vierundzwanzig Stunden gewonnen. Komm morgen wieder.

Tod: Ich wußte nicht, daß wir wirklich um Zeit spielen.

Nat: Tut mir leid für dich. Du solltest besser aufpassen.

Tod: Wo gehe ich denn jetzt für vierundzwanzig Stunden hin?

Nat: Was geht mich das an? Hauptsache, ich habe einen Tag gewonnen.

Tod: Was meinst du, was ich tun soll – durch die Straßen spazieren?

Nat: Nimm dir ein Hotelzimmer und sieh dir 'n Film an. Geh in die Sauna. Aber mach bloß keine nationale Sache daraus.

Tod: Zähl die Punkte noch mal zusammen.

Nat: Außerdem schuldest du mir achtundzwanzig Dollar.

Tod: Waaaas?

Nat: Das ist schon in Ordnung, Freundchen. Hier hast du's – lies.

Tod *(sucht in seinen Taschen)*: Ich hab 'n paar Dollar, aber keine achtundzwanzig.

Nat: Ich nehm auch 'n Scheck.

Tod: Und von welchem Konto?

Nat: Da kann man mal sehen, mit wem ich's zu tun habe.

Tod: Verklag mich doch. Wo bitte soll ich denn ein Girokonto unterhalten?

Nat: Okay, gib mir, was du hast, und wir wollen annehmen, wir sind quitt.

Tod: Hör mal, ich brauche das Geld.

Nat: Wofür solltest du Geld brauchen?

Er brauche das Geld…

…sagt der Na-Sie-wissen-schon-wer. Der auch? Dabei kostet er uns schon das Leben!

Aber was hat er schon vom Geld! Eröffnet anderen das Schlimmste und kann selbst kein Konto eröffnen. Traurig, so ein Leben als Tod.

Tod: Weißt du, wovon du redest? Du sollst ins Jenseits.

Nat: Und?

Tod: Und – weißt du, wie weit das ist?

Nat: Und?

Tod: Und wovon bezahle ich das Benzin? Und die Autobahngebühren?

Nat: Wir fahren also mit dem Auto?

Tod: Du wirst es schon erfahren. *(Beunruhigt.)* Schau mal – ich komme morgen wieder, dann gibst du mir aber die Chance, das Geld zurückzugewinnen. Sonst sitze ich wirklich in der Tinte.

Nat: Alles, was du willst. Wir spielen ums Doppelte oder gar nicht. Ich muß eine Extrawoche oder einen ganzen Monat gewinnen. Und so wie du spielst, vielleicht Jahre.

Tod: Solange sitze ich auf dem Trockenen.

Nat: Bis morgen.

Tod *(der von Nat langsam zum Ausgang gedrängt wird)*: Wo finde ich ein gutes Hotel? Was rede ich von einem Hotel, ich habe ja kein Geld. Ich setze mich in den Bahnhofswartesaal. *(Er greift nach der Zeitung.)*

Nat: Raus. Raus! Das ist meine Zeitung. *(Er nimmt sie ihm wieder ab.)*

Tod *(beim Hinausgehen)*: Warum konnte ich ihn nicht einfach mitnehmen und gehen! Aber ich mußte mich auf Rommé einlassen!

Nat *(ruft ihm hinterher)*: Und sei vorsichtig, wenn du die Treppe runtergehst. Bei der einen Stufe ist der Teppich lose!

(Und wie aufs Stichwort hört man ein schreckliches Krachen. Nat seufzt, dann geht er an den Nachttisch hinüber und telefoniert.)

Nat: Hallo, Moe? Ich bin's. Hör mal, ich weiß nicht, ob mir jemand einen Streich spielt oder was, aber der Tod war eben hier. Wir haben ein bißchen Rommé gespielt ... Nein, der *Tod*. Persönlich. Oder jemand, der behauptet, er ist der Tod. Aber, Moe, der ist so *meschugge*!

Vorhang

Das Frühjahrsprogramm

Die vielen Hochschulprogramme und Angebote der Erwachsenenbildung, die ich ewig in meinem Briefkasten finde, beweisen mir, daß ich in einer Spezial-Adressenkartei für Schulversager stehen muß. Nicht, daß ich mich darüber beklagen wollte, so eine Liste von Volkshochschulkursen hat etwas, was mein Interesse so heftig erregt, wie das bisher nur ein Katalog für Flitterwochen-Utensilien aus Hongkong gekonnt hat, der mir mal aus Versehen zugeschickt wurde. Jedesmal, wenn ich das letzte Programm der Volkshochschule durchlese, nehme ich mir auf der Stelle vor, alles aufzugeben und wieder zur Schule zu gehen. (Ich bin vor vielen Jahren vom College geflogen, das Opfer ungefähr derselben unbewiesenen Anschuldigungen, die mal gegen Yellow Kid Weil erhoben worden sind.) Bis jetzt bin ich also noch immer ein ungebildeter Mensch ohne jeden Schimmer und habe mir angewöhnt, ein nur gedachtes, hübsch gedrucktes Kursprogramm durchzublättern, das mehr oder weniger typisch für alle ist:

Sommersemester

Wirtschaftstheorie: Eine systematische Untersuchung und kritische Bewertung der analytischen Grundbegriffe der Wirtschaftskunde mit besonderer Betonung des Geldes und warum es so eine feine Sache ist. Mit Produktionsfunktionen nach festen Faktoren, Kosten- und Bedarfskurven und der Nichtkonvexität befaßt sich das erste Semester, während das zweite Semester sich vor allem mit Geldausgeben, Geldwechseln und damit beschäftigt, wie man seine Brieftasche in Ordnung hält. Das Bundesbanksystem wird analysiert, und fortgeschrittene Studenten werden in der richtigen Methode, einen Einzahlschein auszufüllen, ausgebildet. Andere Themen umfassen: Inflation und Depression – wie ziehe ich mich für beides richtig an? Das Geldverleihen – wie erhalte ich Wucherzinsen – wie bringe ich andere Leute um ihr Geld?

Europäische Kulturgeschichte: Seit der Entdeckung eines versteinerten Urpferdes in der Herrentoilette in Siddons Cafeteria in East Rutherford, New Jersey, ist vermutet worden, daß Amerika und Europa einstmals durch einen Streifen Land miteinander verbunden waren, der entweder später versank oder East Rutherford, New Jersey, wurde, oder beides. Das wirft ein neues Licht auf die Entwicklung der europäischen Gesellschaft und setzt die Historiker in die Lage, darüber Vermutungen anzustellen, warum diese Gesellschaft in einer Gegend aufkam, die aus Asien was viel Besseres gemacht hätte. In dem Kursus wird auch der Beschluß untersucht, die Renaissance in Italien zu lassen.

Einführung in die Psychologie: Die Theorie menschlichen Verhaltens. Warum es ein paar Menschen gibt, die man «reizende Personen» nennt, und warum es andere gibt, die man am liebsten kneifen möchte. Gibt es eine Trennung zwischen Leib und Seele, und, wenn ja, was ist günstiger zu besitzen? Aggression und Rebellion werden erörtert. (Studenten, die an diesen Aspekten der Psychologie besonders interessiert sind, wird empfohlen, einen der folgenden Kurse im Wintersemester zu belegen: Einführung in die Feindseligkeit; Feindlichkeit der Mittelstufe; Fortgeschrittener Haß; Theoretische Grundlagen des Anekelns.) Der besonderen Beachtung empfohlen wird eine Untersuchung des Bewußten im Gegensatz zum Unbewußten mit vielen hilfreichen Hinweisen, wie man bei Bewußtsein bleibt.

Psychopathologie: Setzt sich zum Ziel, fixe Ideen und Ängste besser zu begreifen, ebenso die Furcht, plötzlich entführt und mit Krabbenfleisch gemästet zu werden, die Abneigung, ein Volleyball-Zuspiel zu erwidern, und die Unfähigkeit, in der Gegenwart von Damen das Wort «Schottenrock» auszusprechen. Der Drang, die Gesellschaft von Bibern zu suchen, wird analysiert.

Philosophie I: Alles von Plato bis Camus wird gelesen, und die folgenden Themen werden behandelt:

Ethik: Der kategorische Imperativ und sechs Möglichkeiten, ihn sich zunutze zu machen.

Ästhetik: Ist die Kunst der Spiegel des Lebens, oder was?

Metaphysik: Was passiert mit der Seele nach dem Tode? Wie wird sie damit fertig?

Erkenntnislehre: Ist das Wissen wißbar? Wenn nicht, wie können wir das wissen?

Das Absurde: Warum das Dasein oft als lächerlich betrachtet wird, besonders von Männern, die weißbraune Schuhe tragen. Vielheit und Einheit werden in ihrem Verhältnis zur Andersheit untersucht. (Studenten, die die Einheit begriffen haben, steigen zur Zweiheit auf.)

Philosophie XXIXb: Einführung in Gott. Eine Begegnung mit dem Schöpfer des Universums mit Hilfe zwangloser Lektüre und Exkursionen.

Neuere Mathematik: Die elementare Mathematik hat sich seit kurzem durch die Entdeckung als überholt erwiesen, daß wir jahrelang die Zahl Fünf verkehrt herum geschrieben haben. Das hat zu einer Neubewertung des Zählens als einer Methode, von eins bis zehn zu gelangen, geführt. Die Studenten werden in den höheren Begriffen Boolescher Algebra unterwiesen, und an früher unlösbare Gleichungen wird mit der Drohung von Repressalien herangegangen.

Grundlagen der Astronomie: Eine detaillierte Untersuchung des Universums samt seiner Pflege und Reinhaltung. Die Sonne, die aus Gas besteht, kann jeden Augenblick explodieren und unser gesamtes Planetensystem in die Vernichtung stürzen. Die Studenten werden darin unterwiesen, was der normal sterbliche Bürger in solch einem Fall tun kann. Außerdem wird ihnen beigebracht, wie man verschiedene Sternbilder erkennt, zum Beispiel den Großen Bären, Cygnus den Schwan, Sagittarius den Schützen und die zwölf Sterne, die Lumides, den Hosenverkäufer, bilden.

Moderne Biologie: Wie der Körper funktioniert, und wo man ihn normalerweise findet. Das Blut wird analysiert, und man erfährt, warum es das allerbeste Zeugs ist, was einem durch die Adern rinnen kann. Ein Frosch wird von den Studenten seziert und sein Verdauungssystem mit dem des Menschen verglichen, wobei der Frosch ganz gut abschneidet, außer bei Curryreis.

Schnell-Lesen: Dieser Kursus soll die Lesegeschwindigkeit jeden Tag bis zum Schluß des Semesters ein wenig steigern, wo dann vom Studenten erwartet wird, daß er *Die Brüder Karamasow* in einer Viertelstunde liest. Die Methode besteht darin, daß man die Seite überfliegt und alles außer den Fürwörtern aus dem Gesichtsfeld verdrängt. Bald werden dann auch die Fürwörter weggelassen. Nach und nach wird der Student ermutigt, auch mal ein Nickerchen einzulegen. Ein Frosch wird seziert. Der Frühling kommt, die Leute heiraten und sterben. Pinkerton kehrt nicht zurück.

Musikwissenschaft III: Die Blockflöte. Dem Studenten wird beigebracht, wie er auf dieser an ihrem oberen Ende zu blasenden hölzernen Flöte den *Yankee Doodle* spielt, um dann rasch zu den *Brandenburgischen Konzerten* fortzuschreiten. Dann geht es langsam wieder zum *Yankee Doodle* zurück.

Richtiges Musikverständnis: Um ein bedeutendes Musikstück richtig «hören» zu können, muß man (1) den Geburtsort des Komponisten kennen und (2) imstande sein, ein Rondo von einem Scherzo zu unterscheiden und mit Gebärden zu begleiten. Die Einstellung ist wichtig. Lächeln gehört sich nicht, es sei denn, der Komponist hat die Musik lustig gemeint, wie zum Beispiel *Till Eulenspiegel*, der von musikalischen Witzen strotzt (wenn auch die Posaune die besten Pointen hat). Auch das Ohr muß trainiert werden, denn es ist das Organ, das sich am leichtesten täuschen läßt und durch eine schlechte Plazierung der Stereolautsprecher zur Annahme verleitet werden kann, es sei eine Nase. Andere Themen sind: Die viertaktige Pause und ihre Möglichkeiten als politische Waffe.

Der Gregorianische Gesang – welche Mönche hielten den Takt?

Schreiben für die Bühne: Jedes Drama heißt Konflikt. Charakterentwicklung ist auch sehr wichtig. Auch, was sie sagen. Die Studenten lernen, daß lange, geistlose Reden nicht so wirkungsvoll sind, während kurze, «lustige» gut anzukommen scheinen. Eine vereinfachte Publikumspsychologie wird untersucht: Warum ist im Theater ein Stück über einen liebenswerten alten Sonderling namens Gramps oft nicht so interessant, wie jemandem auf den Hinterkopf zu starren und ihn dazu zu bringen, sich umzudrehen? Auch werden interessante Aspekte der Bühnengeschichte untersucht. Zum Beispiel wurden vor der Erfindung des Kursivdrucks Bühnenanweisungen oft als Dialoge mißverstanden, und es kam häufig vor, daß große Schauspieler sagten: «John steht auf und geht nach links hinüber.» Das führte natürlich zu Verwirrungen und bei einigen Gelegenheiten zu entsetzlichen Kritiken. Das Phänomen wird im einzelnen analysiert, und die Studenten werden dazu angeleitet, solche Fehler zu vermeiden. Erforderlicher Text: A. F. Schulte: *War Shakespeare vier Frauen?*

Einführung in die Sozialarbeit: Der Kursus soll dem Sozialarbeiter, der daran interessiert ist, sich «ins Gefecht» zu begeben, Orientierungshilfe leisten. Die zu behandelnden Themen umfassen: Wie organisiert man eine Straßenbande zu einer Korbballmannschaft um, oder umgekehrt? Der Sportplatz als ein Mittel, der Jugendkriminalität zu begegnen, und wie man potentielle Mörder dazu bringt, es mit Schliddern auf dem Eis zu probieren. Die Diskriminierung. Das kaputte Elternhaus. Was muß man tun, wenn man mit einer Fahrradkette niedergeschlagen wird?

Yeats und die Hygiene (Eine vergleichende Untersuchung): Die Dichtung William Butler Yeats' wird vor dem Hintergrund gründlicher Zahnpflege betrachtet. (Der Kursus ist nur einer begrenzten Anzahl Studenten zugänglich.)

Chassidische Geschichten
Mit einer Anleitung zu ihrem Verständnis von einem anerkannten Gelehrten

Ein Mann reiste nach Chelm, um den Rat des Rabbi Ben Kaddisch zu suchen, der der heiligste aller Rabbis des neunten Jahrhunderts und vielleicht der größte *nûdnik* des Mittelalters war.

«Rabbi», fragte der Mann, «wo kann ich Frieden finden?»

Der Chassid musterte ihn und sagte: «Schnell, schau dich um!»

Der Mann drehte sich um, und Rabbi Ben Kaddisch schmetterte ihm einen Kerzenleuchter auf den Hinterkopf. «Ist dir das friedlich genug?» kicherte er und rückte sich seine *jarmulke* zurecht.

In dieser Geschichte wird eine bedeutungslose Frage gestellt. Und nicht nur die Frage ist bedeutungslos, auch der Mann, der nach Chelm reist, um sie zu stellen. Nicht nur, daß er so weit von Chelm entfernt wohnt, um damit anzufangen, warum bleibt er denn nicht einfach dort, wo er ist? Warum belästigt er den Rabbi Ben Kaddisch – hat der Rebbe nicht schon genug Kummer? Denn die Wahrheit ist, der Rabbi steckt bis zum Hals in Spielschulden, und von einer gewissen Frau Hecht ist sein Name bei einer Vaterschaftsklage genannt worden. Nein, der springende Punkt dieser Geschichte ist, daß dieser Mann nichts Besseres zu tun hat, als in der Weltgeschichte herumzureisen und den Leuten auf die Nerven zu gehen.

Deswegen schlägt ihm der Rabbi den Schädel ein, was nach der Tora eine der feinsinnigsten Methoden ist, seine Betroffenheit zu zeigen. In einer ähnlichen Version dieser Geschichte hüpft der Rabbi dem Mann in seiner Wut auf den Kopf und schnitzt ihm mit einem Stichel die Geschichte Ruths in die Nase.

Rabbi Raditz aus Polen war sehr klein und hatte einen langen Bart, und von ihm wurde gesagt, er habe mit seinem Sinn für Humor viele Pogrome ausgelöst. Einer seiner Schüler fragte ihn: «Wer von beiden kannte Gott besser: Moses oder Abraham?»

«Abraham», sagte der Zaddik.

«Aber Moses führte die Israeliten zum Gelobten Land», sagte der Schüler.

«Na schön, dann Moses», antwortete der Zaddik.

«Ich verstehe, Rabbi. Es war eine dumme Frage.»

«Nicht nur das, auch du bist dämlich, deine Frau ist mies, und wenn du nicht endlich von meinem Fuß runtergehst, wirst du exkommuniziert.»

Hier wird der Rabbi gebeten, ein Werturteil über Moses und Abraham abzugeben. Das ist keine leichte Sache für einen Mann, der nie die Bibel gelesen und immer nur so getan hat. Und was ist unter dem hoffnungslos relativen Begriff «besser» zu verstehen? Was für den Rabbi «besser» ist, muß nicht unbedingt auch für den Schüler «besser» sein. Zum Beispiel schläft der Rabbi gern auf dem Bauch. Aber auch der Schüler schläft gern auf dem Bauch – vom Rabbi. Hier wird das Problem offenbar. Es sollte auch bemerkt werden, daß einem Rabbi auf den Fuß zu treten (was der Schüler in der Geschichte tut), nach der

Tora eine Sünde ist, vergleichbar der, die Mazze mit anderer Absicht zu streicheln, als sie zu essen.

Ein Mann, der seine häßliche Tochter nicht verheiraten konnte, besuchte Rabbi Schimmel von Krakau. «Mein Herz ist schwer», sagte er zum Rebbe, «weil Gott mir eine häßliche Tochter gegeben hat.»

«Wie häßlich?» fragte der Heilige.

«Wenn sie zusammen mit einem Hering auf einem Teller läge, wäre man nicht imstande, die beiden auseinanderzuhalten.»

Der Rabbiner dachte lange nach und fragte endlich: «Welche Art Hering?»

Der Mann, von der Frage überrascht, dachte schnell nach und sagte: «Äh – Bismarck.»

«Zu schade», sagte der Rebbe, «wenn es Matjes wäre, hätte sie bessere Chancen.»

Das hier ist eine Geschichte, die die Tragik vergänglicher Eigenschaften, wie zum Beispiel der Schönheit, illustriert. Ähnelt das Mädchen tatsächlich einem Hering? Warum nicht? Haben Sie heutzutage noch nie solche Geschöpfe rumlaufen sehen, besonders an Badestränden? Und selbst wenn sie es täte, sind nicht in Gottes Augen alle Kreaturen schön? Vielleicht, aber wenn ein Mädchen sich in einem Topf mit Essigmarinade wohler fühlt als in einem Abendkleid, hat sie schwere Probleme. Seltsam, auch von Rabbi Schimmels Frau wurde gesagt, sie sehe einem Tintenfisch ähnlich, allerdings nur im Gesicht, und sie mache es durch ihren trockenen Husten wieder mehr als gut – aber den Zusammenhang begreife ich nicht.

Rabbi Zwi Chaim Yisroel, ein orthodoxer Toragelehrter und ein Mann, der das Klagen zu einer im Westen beispiellosen Kunst entwickelte, wurde von seinen Mitjuden, die ein sechzehntel Prozent der Bevölkerung ausmachten, übereinstimmend als der weiseste Mann der Renaissance gerühmt. Einmal, als er gerade auf dem Weg zur Synagoge war, um den heiligen jüdischen Feiertag zu begehen, an dem man aller von Gott nicht gehaltenen Versprechen gedenkt, hielt ihn eine Frau an und stellte ihm folgende Frage:

«Rabbi, warum dürfen wir kein Schweinefleisch essen?»

«Dürfen wir denn *nicht*?» fragte der Rabbi ungläubig. «Ojeoje!»

Dies ist eine der wenigen Geschichten in der ganzen chassidischen Literatur, die sich mit dem Jüdischen Gesetz befassen. Der Rabbi weiß, daß er kein Schweinefleisch essen sollte; er kümmert sich aber trotzdem nicht darum, weil er Schweinefleisch *liebt*. Aber er liebt nicht nur Schweinefleisch, er hat auch großen Spaß an den kullernden Ostereiern. Kurz, er kümmert sich sehr wenig um die traditionelle Rechtgläubigkeit und betrachtet Gottes Bund mit Abraham als «genauso ein Gequatsche».

Warum Schweinefleisch durch das Jüdische Gesetz verboten wurde, ist immer noch unklar, und einige Gelehrte glauben, daß die Tora bloß empfahl, Schweinefleisch nur in bestimmten Restaurants nicht zu essen.

Rabbi Baumel, der Weise von Witebsk, beschloß, in Hungerstreik zu treten, um gegen das ungerechte Gesetz zu protestieren, das den russischen Juden verbot, außerhalb des Gettos Slippers zu tragen. Sechzehn Wochen legte sich der heilige Mann auf eine nackte Pritsche, starrte an die Decke und verweigerte jede Art von Nahrung. Seine Schüler fürchteten um sein Leben, da kam eines Tages eine Frau an sein Lager, beugte sich zu dem Weisen hinab und fragte: «Rabbi, von welcher Farbe waren Esthers Haare?» Der Rebbe drehte sich schwach herum und sah sie an. «Schau doch einer an, was sie sich für eine Frage an mich herausgepickt hat!» sagte er. «Du kannst dir doch denken, was ich nach sechzehn Wochen ohne einen Happen Essen für Kopfschmerzen habe.» Darauf geleiteten die Schüler des Rabbis sie persönlich in die *sukka*, wo sie reichlich aus dem Füllhorn aß, bis ihr die Rechnung gebracht wurde.

Diese Geschichte ist eine scharfsinnige Behandlung des Problems von Stolz und Eitelkeit und scheint zu besagen, daß das Fasten ein großer Fehler ist. Besonders auf leeren Magen. Der Mensch soll sein Unglück nicht selber herbeiführen, denn Leiden sind wirklich Gottes Wille, aber warum Er so großen Spaß daran hat, geht mir nicht in den Kopf. Gewisse orthodoxe Kreise glauben, Leiden sei die einzige Möglichkeit, die Erlösung zu erlangen, und die Gelehrten schreiben von einer Sekte, die Essener hießen und in der Gegend herumliefen und absichtlich mit dem Kopf an die Wand bumsten. Gott ist, den späteren Büchern Moses zufolge, gütig, obwohl es dort noch eine Menge Themen gibt, über die er ziemlich wenig nachgedacht hat.

Rabbi Jekel aus Zans, der die beste Aussprache der Welt hatte, bis ihm ein *goj* seine Resonanzunterwäsche klaute, träumte drei Nächte hintereinander, daß er, wenn er nur nach Vorki reise, dort einen großen Schatz fände. Er sagte seiner Frau und den Kindern Lebewohl und machte sich mit dem Versprechen auf den Weg, nach zehn Tagen wieder da zu sein. Zwei Jahre später fand man ihn, wie er gerade den Ural durchwanderte und eine platonische Beziehung zu einem Pandabären hatte. Kalt und ausgehungert wurde der Rebbe heimgebracht, wo er mit dampfender Suppe und Hammellendchen kuriert wurde. Dann bekam er erst mal was zu essen. Nach dem Essen erzählte er seine Geschichte:

Als er drei Tage von Zans weg war, wurde er von wilden Nomaden verfolgt. Als sie herausbekamen, daß er Jude sei, zwangen sie ihn, alle ihre Sportjacketts zu ändern und die Hosen enger zu machen. Wie wenn das noch nicht demütigend genug gewesen wäre, schmierten sie ihm saure Sahne in die Ohren und siegelten sie mit Wachs zu. Schließlich entkam der Rabbi und steuerte auf die nächste Stadt zu, aber statt dessen landete er im Ural, weil er zu schüchtern war, nach dem Weg zu fragen.

Nachdem er seine Geschichte erzählt hatte, erhob sich der Rabbi und ging in sein Schlafzimmer, um zu schlafen, und siehe da – unter seinem Kopfkissen lag der Schatz, den er zu Anfang gesucht hatte. Verzückt fiel er nieder und dankte Gott. Drei Tage später war er wieder zum Wandern im Ural, diesmal jedoch in einem *rabbit*-Habit.

Das vorstehende kleine Meisterwerk illustriert hinlänglich die Absurdität des Mystizismus. Der Rabbi träumt *drei* Nächte hintereinander. Wenn man die *fünf* Bücher Moses von den *Zehn* Geboten abzieht, bleiben *fünf*. Minus die Brüder Jakob und Esau, macht *drei*. Ähnlich verliefen die Überlegungen, die den Rabbi Yitzok Ben Levi, den großen jüdischen Mystiker, dazu brachten, zweiundfünfzig Tage hintereinander die Große Einlaufwette in Aqueduct zu gewinnen und trotzdem von der Fürsorge zu leben.

Der Briefwechsel zwischen Gossage und Vardebedian

Mein lieber Vardebedian,

ich war mehr als nur etwas verärgert, als ich heute morgen die Post durchsah und entdeckte, daß mein Brief vom 16. September, der meinen zweiundzwanzigsten Zug enthielt (Springer nach E fünf), auf Grund eines geringfügigen Adressierungsfehlers ungeöffnet wieder zurückgekommen war – genau gesagt, ich hatte vergessen, Ihren Namen und die Anschrift auf das Kuvert zu setzen (vielleicht auch das eine Freudsche Fehlleistung?) und obendrein versäumt, Briefmarken daraufzukleben. Daß ich kürzlich durch einige Gehässigkeiten an der Börse ein wenig aus der Fassung gebracht worden bin, ist kein Geheimnis, und obwohl an dem obenerwähnten 16. September der Tiefstpunkt einer seit langem währenden Abwärtsbewegung die «Vereinigte Antimaterie AG» ein und für allemal aus den Börsennotierungen warf, was meinen Finanzmakler sich plötzlich wieder auf die gute alte Linsensuppe besinnen ließ, biete ich Ihnen dies nicht etwa als Entschuldigung meiner Nachlässigkeit und kolossalen Ungeschicklichkeit an. Ich habe einfach geschlafen. Vergeben Sie mir. Daß Sie das Fehlen des Briefes überhaupt nicht bemerkt haben, beweist mir eine gewisse Desorientiertheit Ihrerseits, die ich Ihrem Eifer zuschreibe, aber weiß der Himmel, wir machen alle Fehler. So ist das Leben – und das Schachspiel.

Gut, nachdem also der Irrtum aufgeklärt ist, folgt eine

einfache Berichtigung. Wenn Sie so gut wären, meinen Springer nach E fünf zu ziehen, könnten wir, glaube ich, mit unserem kleinen Spielchen korrekter fortfahren. Die Ankündigung, ich sei bald schachmatt, die Sie in Ihrem Brief von heute morgen machen, ist, fürchte ich in aller Fairness, falscher Alarm, und wenn Sie die Positionen im Lichte der heutigen Entdeckung noch einmal überprüfen, werden Sie finden, daß *Ihr* König beinahe matt ist, frei und ungeschützt, wie er dasteht, ein unbewegliches Ziel für meine beutegierigen Läufer. Welche Ironie doch in den Wechselfällen dieses Kleinkrieges liegt! Das Schicksal in Gestalt des Amtes für unzustellbare Briefe wird zur Allmacht, und – voilà! – alles wird auf den Kopf gestellt. Noch einmal ersuche ich Sie, die aufrichtigste Bitte um Vergebung meiner unseligen Nachlässigkeit entgegenzunehmen, und erwarte voll Sorge Ihren nächsten Zug.

Beiliegend mein fünfundvierzigster Zug: Mein Springer schlägt Ihre Dame.

Ergebenst,
Gossage

Gossage,

habe heute morgen Ihren Brief mit Ihrem fünfundvierzigsten Zug erhalten (Ihr Springer schlägt meine Dame??), außerdem Ihre weitschweifigen Erklärungen, die Unterbrechung unserer Korrespondenz Mitte September betreffend. Wir wollen sehen, ob ich Sie richtig verstehe. Ihr Springer, den ich Ihnen schon vor Wochen genommen habe, soll sich nun also auf Grund eines vor dreiundzwanzig Zügen verlorengegangenen Briefes auf E fünf befinden. Ich habe nicht bemerkt, daß sich ein derartiges Unglück ereignet hätte, und erinnere mich deutlich Ihres zweiundzwanzigsten Zuges, in dem Sie, meine ich, Ihren

Turm nach D drei zogen, wo er bei einem Ihrer Gambits, das tragisch fehlschlug, hingemetzelt wurde.

Im Augenblick ist E fünf von *meinem* Turm besetzt, und da Sie gar keinen Springer mehr besitzen, und zwar trotz des Amtes für unzustellbare Briefe, begreife ich nicht ganz, welche Figur Sie dazu benutzen wollen, meine Dame zu schlagen. Ich glaube, was Sie meinen, ist, daß Sie, da Ihre meisten Figuren ja blockiert sind, mit Ihrem König auf B fünf rücken möchten (Ihre einzige Möglichkeit) – eine Berichtigung, die vorzunehmen ich mir die Freiheit genommen habe, um mit dem heutigen Zug, meinem sechsundvierzigsten, dann den Gegenzug zu machen, mit dem ich Ihre Dame schlage und Ihrem König Schach biete. Nun wird Ihr Brief klarer.

Ich denke, die letzten noch verbleibenden Züge der Partie können nun glatt und schnell zu Ende gespielt werden.

Ergebenst,
Vardebedian

Vardebedian,

eben habe ich Ihre letzte Mitteilung erhalten, die den grotesken sechsundvierzigsten Zug enthält, mit dem Sie meine Dame auf einem Feld schlagen wollen, auf dem sie schon seit elf Tagen nicht mehr steht. Nach sorgfältiger Überlegung meine ich, auf die Ursache Ihrer Verworrenheit und Ihres Mißverständnisses der tatsächlichen Gegebenheiten gestoßen zu sein. Daß Ihr Turm auf E fünf steht, ist so unmöglich, wie zwei Schneeflocken je einander gleichen können; wenn Sie auf den neunten Zug unserer Partie zurückblicken, werden Sie deutlich erkennen, daß ich Ihren Turm schon lange geschlagen habe. In der Tat geschah das bei den gewagten, opferreichen Spielzügen, die Ihre Mitte aufrissen und Sie Ihre *beiden* Türme kosteten. Was suchen sie also jetzt auf dem Schachbrett?

Ich möchte Ihrer geneigten Betrachtung unterbreiten, daß wohl das folgende geschehen ist: Das Ungestüm des unbarmherzigen und ruinösen Figurentauschs bei meinem zweiundzwanzigsten Zug und in seiner unmittelbaren Folge ließ Sie im Zustand leichter Demoralisierung zurück, und in Ihrer Sorge, in diesem Augenblick standzuhalten, entging es Ihrer Aufmerksamkeit, daß mein gewohnter Brief nicht eintraf, und statt dessen bewegten Sie Ihre Figuren zweimal, womit Sie sich einen ziemlich unfairen Vorteil verschafften, nicht wahr? Das ist jetzt aber aus und vorbei, und unsere Schritte langwierig zurückzuverfolgen wäre schwierig, wenn nicht gar unmöglich. Deshalb finde ich, der beste Weg, die ganze Angelegenheit richtigzustellen, wäre, mir die Möglichkeit einzuräumen, jetzt auch zweimal hintereinander zu ziehen. Was dem einen recht ist, ist dem anderen billig.

Zunächst also schlage ich Ihren Läufer mit meinem Bauern. Dann, weil dadurch Ihre Dame ungedeckt bleibt, schlage ich auch sie. Ich denke, nun können wir mit den letzten Zügen ungehindert fortfahren.

Ergebenst,

Gossage

P.S.: Ich lege zu Ihrer Unterrichtung für Ihre letzten Züge eine Zeichnung bei, die exakt zeigt, wie das Brett jetzt aussieht. Wie Sie sehen, sitzt Ihr König, ungedeckt und allein in der Mitte, in der Falle. Ihnen alles Gute.

G.

Gossage,

erhielt heute Ihren letzten Brief, und da er geradezu jeglicher Logik entbehrt, meine ich sehen zu können, wo

Ihre Verwirrung liegt. Aus Ihrer beigelegten Zeichnung ist mir deutlich geworden, daß wir die vergangenen sechs Wochen zwei vollkommen verschiedene Partien gespielt haben – ich getreu unserem Briefwechsel, Sie jedoch mehr im Einklang mit einer Welt, wie Sie sie gern hätten, als mit irgendeiner vernünftigen Methode oder Ordnung.

Der Springerzug, der angeblich bei der Post verlorenging, wäre beim zweiundzwanzigsten Zug auch gar nicht möglich gewesen, weil die Figur in dem Moment an der Ecke hinten in der letzten Reihe stand, und so, wie Sie den Zug beschreiben, wäre sie auf dem Kaffeetisch direkt neben dem Schachbrett gelandet. Was Ihren Wunsch angeht, Ihnen zwei Züge hintereinander zuzugestehen, um einen angeblich auf der Post verlorengegangenen Zug wettzumachen – da machen Sie sicher einen Witz, Alterchen. Ich will Ihren ersten Zug akzeptieren (Sie nehmen meinen Läufer), aber den zweiten kann ich nicht gestatten, und weil ich jetzt an der Reihe bin, revanchiere ich mich, indem ich Ihre Dame mit meinem Turm schlage. Daß Sie mir erzählen, ich hätte gar keine Türme mehr, bedeutet in Wahrheit wenig, denn ich brauche nur auf das Schachbrett hinunterzublicken, um zu sehen, wie geschickt und energisch sie auf demselben umherziehen.

Schließlich zeigt mir Ihre Zeichnung, von der Sie phantasieren, so sehe jetzt das Schachbrett aus, daß Sie eher unbekümmert und wie die Marx Brothers an das Spiel herangehen, und das spricht, so amüsant es ist, kaum dafür, daß Sie sich *Nimzowitsch über Schach* richtig angeeignet haben, den Sie letzten Winter unter Ihrem Alpaka-Sweater versteckt aus der Bibliothek entwendeten – ich habe Sie gesehen. Ich empfehle Ihnen, sich die Zeichnung, die ich beilege, genau anzusehen und Ihr Schachbrett entsprechend neu zu ordnen, damit wir wenigstens einigermaßen korrekt zu Ende spielen können.

Voller Zuversicht,
Vardebedian

Vardebedian,

da ich eine bereits verfahrene Angelegenheit nicht noch weiter in die Länge ziehen möchte (ich weiß, Ihre Krankheit neulich hat Ihre normalerweise kräftige Konstitution ziemlich ruiniert und durcheinandergebracht, auch einen leichten Riß gegenüber der realen Welt, wie *wir* sie kennen, entstehen lassen), ergreife ich diese Gelegenheit, unser verfilztes Tatsachengewirr aufzulösen, ehe es unwiderruflich auf einen kafkaesken Schluß zuläuft.

Wenn ich gewußt hätte, daß Sie nicht Gentleman genug wären, mir einen ausgleichenden zweiten Zug zu gestatten, dann hätte ich bei meinem sechsundvierzigsten Zug auch nicht mit meinem Bauern Ihren Läufer geschlagen. Ihrer eigenen Zeichnung zufolge standen diese beiden Figuren in Wahrheit auch so, daß das gar nicht möglich war, an die vom Weltschachverband und nicht von der New Yorker Boxervereinigung aufgestellten Regeln gebunden, wie wir sind. Ohne bezweifeln zu wollen, daß Ihre Absicht, meine Dame zu schlagen, originell war, möchte ich hinzufügen, daß es nur zu einer Katastrophe führen kann, wenn Sie sich eine derartig despotische Entscheidungsgewalt anzumaßen und den Diktator zu spielen beginnen, indem Sie taktische Fehler mit Doppelzüngigkeit und Aggression zu kaschieren versuchen – eine Angewohnheit, die Sie vor einigen Monaten in Ihrem Aufsatz über «De Sade und die Nicht-Gewaltsamkeit» an den Regierenden unserer Welt tadelten.

Da das Spiel ohne Unterbrechung weitergegangen ist,

war ich unglücklicherweise nicht in der Lage, genau zu berechnen, auf welches Feld Sie meinen gestohlenen Springer zurückstellen müßten, und so schlage ich vor, wir überlassen es den Göttern, indem ich die Augen schließe und ihn auf das Schachbrett werfe, und wir stimmen zu, jede Stelle, auf der er landen könnte, zu akzeptieren. Das sollte unserem kleinen Gefecht ein Element der Würze geben. Mein siebenundvierzigster Zug: Mein Turm schlägt Ihren Springer.

Ergebenst,
Gossage

Gossage,

wie seltsam war doch Ihr letzter Brief! Wohlmeinend, prägnant, alle Elemente enthaltend, von denen man sagen möchte, sie machen das aus, was unter bestimmten Bezugsgruppen als verbindende Kraft verstanden wird, und dennoch durch und durch von etwas durchzogen, was Jean-Paul Sartre so gern als das «Nichts» bezeichnet. Man wird auf der Stelle von einem tiefen Gefühl der Verzweiflung erfaßt und lebhaft an die Tagebücher erinnert, die manchmal von am Pol verirrten und dem Verderben anheimgegebenen Forschern zurückgelassen werden, oder an die Briefe deutscher Soldaten aus Stalingrad. Es ist faszinierend, wie die Sinne sich spalten, wenn sie gelegentlich mit einer unangenehmen Wahrheit konfrontiert werden, und Amok laufen, wodurch sie ihre Täuschungen nur bestätigen und einen fragwürdigen Puffer gegen den Ansturm einer allzu erschreckenden Wirklichkeit errichten.

Sei dem, wie ihm sei, mein Freund, ich habe gerade den größeren Teil dieser Woche darauf verwandt, das Miasma der aberwitzigen Alibis zu sichten, als das Ihre Briefe bekannt sind, um die Dinge wieder richtigzustellen und damit unser Spiel ein für allemal einfach beendet werden kann. Ihre Dame ist weg. Schreiben Sie sie ab. Desgleichen Ihre beiden Türme. Vergessen Sie auch vollkommen einen Läufer, denn ich habe ihn genommen. Der andere steht machtlos so weit vom Hauptgeschehen des Spiels entfernt, daß Sie besser nicht mit ihm rechnen, oder es bricht Ihnen das Herz.

Was den Springer betrifft, den Sie längst haushoch verloren hatten, aber aufzugeben sich weigern, so habe ich ihn an die einzige denkbare Stelle gestellt, an der er überhaupt nur auftauchen konnte, womit ich Ihnen das unglaublichste Maß an Entgegenkommen gezeigt habe, seitdem die Perser diesen kleinen Zeitvertreib erfunden haben. Er steht auf F sieben, und wenn Sie lange genug Ihre mittlerweile zur Neige gehenden Geisteskräfte zusammennehmen, um das Brett zu begutachten, werden Sie bemerken, daß dieselbe Figur, auf die Sie so scharf waren, nun die einzige Möglichkeit Ihres Königs, sich meiner erstickenden Umklammerung zu entziehen, blockiert. Wie gerecht es doch ist, daß Ihr habgieriger Anschlag sich zu meinen Gunsten gewendet hat! Der Springer torpediert dadurch, daß er sich wieder ins Spiel zurückgestohlen hat, nun das Ende Ihrer Partie!

Mein Zug ist: Dame auf B fünf, und ich sage Ihnen Matt in einem Zug voraus.

Herzlich,
Vardebedian

Vardebedian,

offensichtlich hat die dauernde Anspannung, in die Sie durch die halsstarrige Verteidigung einer Reihe von haltlosen Schachpositionen geraten sind, die empfindliche

Maschinerie Ihrer Seelenapparatur rostig werden lassen und Ihr Verständnis äußerer Erscheinungen ein bißchen geschwächt zurückgelassen. Sie lassen mir keine andere Wahl, als den Kampf rasch und gnädig zu beenden und so den Druck von Ihnen zu nehmen, bevor dieser bei Ihnen für immer Schäden hinterläßt.

Springer – jawohl, Springer! – auf D sieben. Schach!

Gossage

Gossage,

Läufer auf D fünf. Schachmatt.

Tut mir leid, daß das Turnier sich als zuviel für Sie erwiesen hat, aber wenn es Sie tröstet: Einige lokale Schachmatadoren sind, als sie meine Technik beobachteten, völlig aus dem Häuschen geraten. Sollten Sie ein Revanchespiel wünschen, dann schlage ich vor, wir versuchen es mit Scrabble, einem relativ neuen Faible von mir, mit dem ich begreiflicherweise nicht so leicht gewinnen würde.

Vardebedian

Vardebedian,

Turm auf B acht. Schachmatt.

Bevor ich Sie weiter mit Einzelheiten meines Mattsieges quäle, und da ich glaube, daß Sie im Grunde ein ganz netter Mensch sind (ein Heilverfahren wird mir darin eines Tages recht geben), nehme ich Ihre Einladung zum Scrabble heiteren Sinnes an. Nehmen Sie Ihr Spiel vor. Da Sie beim Schach mit den weißen Steinen gespielt haben und sich des Vorteils des ersten Zuges erfreuen konnten (wenn ich Ihre Grenzen gekannt hätte, hätte ich Ihnen genauer auf die Finger gesehen), werde ich jetzt mit dem Spiel beginnen. Die sieben Buchstaben, die ich soeben aufgedeckt habe, sind O, A, E, J, N, R und Z – eine aussichtslose Mischung, die auch den Argwöhnischsten von der Redlichkeit meines Spielens überzeugen sollte. Zum Glück aber hat mich ein ausführliches Wörterbuch, sowie meine Neigung zu Esoterika in den Stand gesetzt, eine etymologische Ordnung in dieses Tohuwabohu, als welches es einem weniger Gebildeten erscheinen könnte, hineinzubringen. Mein erstes Wort heißt «ZANJERO». Schlagen Sie es nach. Nun legen Sie es aus, waagerecht, mit dem E im Kästchen in der Mitte. Zählen Sie sorgfältig zusammen, und übersehen Sie dabei bitte nicht den doppelten Wortwert für den Eröffnungszug sowie den Zuschlag von fünfzig Punkten dafür, daß ich alle sieben Buchstaben ausgelegt habe. Die Rechnung steht jetzt 116:0.

Sie sind an der Reihe.

Gossage

Bekenntnisse eines Vollgefressenen (nach der Lektüre Dostojewskis und der neuen «Gewichtswacht» auf derselben Flugreise)

Ich bin fett. Ich bin schauerlich fett. Ich bin der fetteste Mensch, den ich kenne. Ich habe überall an meinem Körper nichts als Übergewicht. Meine Finger sind fett. Meine Handgelenke sind fett. Meine Augen sind fett (Können Sie sich Fettaugen vorstellen?). Ich wiege Hunderte von Pfunden zuviel. Das Fleisch träuft von mir herunter wie heiße Soße vom Vanilleeis. Mein Umfang ist bei allen, die mich sahen, auf Unglauben gestoßen. Da gibt's gar keine Frage, ich bin ein richtiges Pummelchen. Nun mag sich der Leser fragen, ist es ein Vorteil oder Nachteil, wenn man wie eine Weltkugel gebaut ist. Ich glaube nicht, witzig zu sein oder mich in Widersprüchen zu ergehen, aber ich muß antworten, daß das Fett an sich über den bürgerlichen Werten steht. Es ist einfach Fett. Daß Fett einen Wert haben könnte, daß es, sagen wir, böse oder mitleiderregend sein könnte, ist natürlich ein Witz. Absurd! Denn was ist Fett schließlich anderes als eine Ansammlung von Pfunden? Und was sind Pfunde? Einfach eine Anhäufung von Zellen. Kann eine Zelle moralisch sein? Ist eine Zelle jenseits von Gut und Böse? Wer kann das wissen – sie ist ja so klein. Nein, mein Freund, wir dürfen niemals zwischen gutem Fett und schlechtem Fett zu unterscheiden versuchen. Wir müssen uns bemühen, an die Fettleibigkeit vorurteilslos heranzugehen, ohne zu denken, daß das Fett dieses Mannes erstklassiges Fett und das jenes armen Teufels Schmierfett ist.

Nehmen Sie den Fall K. Dieser Bursche war derart beleibt, daß er ohne Zuhilfenahme eines Stemmeisens durch keinen normalen Türrahmen paßte. Und wirklich konnte K. überhaupt nicht daran denken, in einer ganz gewöhnlichen Wohnung von einem Zimmer ins andere zu gehen, ohne sich erst nackt auszuziehen und von oben bis unten mit Butter einzuschmieren. Mir sind die Beschimpfungen nicht fremd, die K. von vorbeikommenden Banden junger Rowdies ertragen mußte. Wie oft wird er von Zurufen wie «Tönnchen!» oder «Fettsack!» gekränkt worden sein. Wie muß es ihn geschmerzt haben, als sich der Provinzgouverneur am Vorabend von Michaelis vor vielen Würdenträgern an ihn wandte und sagte: «Du massiger *Schalet*-Topf!»

Eines Tages endlich, als K. das nicht mehr ertrug, hielt er Diät ein. Ja, er machte Diät! Zuerst ließ er die Bonbons weg. Dann Brot, Alkohol, Knödel, Soßen. In kurzer Zeit fiel von K. das ganze Zeug ab, das einen Mann unfähig macht, sich die Schnürsenkel ohne Hilfe der Brüder Santini zuzubinden. Langsam fing er an, schlank zu werden. Ganze Fleischrollen fielen von seinen Armen und Beinen ab. Wo er einst rund und drall gewesen war, erschien er plötzlich in der Öffentlichkeit ganz normal gebaut. Ja, sogar attraktiv gebaut. Er schien der glücklichste Mensch zu sein. Ich sage «schien», denn achtzehn Jahre später, als er im Sterben lag und das Fieber durch seinen schlanken Körper tobte, hörte man ihn laut schreien: «Mein Fett! Bringt mir mein Fett! O bitte! Ich muß mein Fett haben! Oh, irgend jemand hat ein Kilogewicht auf mich gelegt! Was für ein Narr bin ich gewesen! Mich von meinem Fett zu trennen! Ich muß mit dem Teufel im Bunde gewesen sein!» Ich denke, die Pointe der Geschichte ist klar.

Nun denkt der Leser möglicherweise, warum also,

wenn du schon so ein Fettberg bist, warum bist du dann nicht zum Zirkus gegangen? Weil – und ich bekenne das mit nicht geringer Verlegenheit – ich das Haus nicht verlassen kann. Ich kann nicht hinausgehen, weil ich meine Hosen nicht ankriege. Meine Beine sind zu dick zum Anziehen. Sie sind das leibhaftige Ergebnis von mehr Corned Beef, als es auf der ganzen Second Avenue gibt – ich würde sagen, von ungefähr zwölftausend Sandwiches pro Bein. Und nicht bloß magere, auch wenn ich's extra bestellte. Eines ist gewiß: wenn mein Fett reden könnte, würde es wahrscheinlich von der tiefen Einsamkeit des Menschen sprechen – mit, ach, vielleicht ein paar zusätzlichen Hinweisen darauf, wie man aus Papier ein Schiffchen faltet. Jedes Pfund an meinem Körper möchte gehört werden, auch meine Kinne vier bis zwölf inklusive. Mein Fett ist ein komisches Fett. Es hat eine Menge gesehen. Allein meine Waden haben ein ganzes Leben hinter sich. Mein Fett ist kein glückliches Fett, aber es ist wirkliches Fett. Es ist kein falsches Fett, kein Fettersatz. Fettersatz ist das schlechteste Fett, das man haben kann, obwohl ich nicht weiß, ob's im Laden noch zu haben ist.

Aber lassen Sie mich Ihnen erzählen, wie es kam, daß ich fett wurde. Denn ich war nicht immer fett. Die Kirche ist es, die mich dazu gemacht hat. Einst war ich dünn – ganz dünn. Tatsächlich so dünn, daß mich fett zu nennen ein Begriffsirrtum gewesen wäre. Ich blieb auch dünn, bis ich eines Tages – ich glaube, es war mein zwanzigster Geburtstag – mit meinem Onkel in einem feinen Restaurant bei Tee und Brezeln saß. Plötzlich stellte mir mein Onkel eine Frage. «Glaubst du an Gott?» fragte er mich. «Wenn ja, was meinst du, wieviel Er wiegt?» Mit diesen Worten nahm er in seiner von sich überzeugten, selbstbewußten Art, die er kultiviert hatte, einen langen, genießerischen Zug aus seiner Zigarre und bekam einen so heftigen Hustenanfall, daß ich dachte, ihn träfe der Schlag.

«Ich glaube nicht an Gott», sagte ich zu ihm. «Denn wenn es einen Gott gäbe, sag mir doch, Onkel, warum gibt es dann Armut und Glatzen auf der Welt? Warum gehen einige Menschen immun gegen tausend Todfeinde der Gattung durchs Leben, und andere kriegen eine Migräne, die Wochen dauert? Warum sind unsere Tage gezählt und nicht, sag doch, buchstabiert? Antworte mir, Onkel. Oder habe ich dich schockiert?»

Ich wußte, daß ich ihm das getrost sagen konnte, weil nichts diesen Mann je schockiert hatte. In der Tat hatte er gesehen, wie die Mutter seines Schachlehrers von den Türken vergewaltigt wurde, und er würde die ganze Angelegenheit lustig gefunden haben, wenn sie nicht so lange gedauert hätte.

«Lieber Neffe», sagte er, «es gibt einen Gott, trotz allem, was du denkst, und Er ist überall. Ja! Überall!»

«Überall, Onkel? Wie kannst du das sagen, wenn du nicht mal sicher weißt, ob wir existieren? Gewiß, ich berühre in diesem Augenblick deine Warze, aber könnte das nicht Illusion sein? Könnte nicht das ganze Leben Illusion sein? Wirklich, gibt es nicht gewisse Sekten heiliger Männer im Osten, die überzeugt sind, daß außerhalb ihres Geistes *nichts* existiert, bis auf die Austernbar in der Grand Central Station? Könnte es nicht einfach so sein, daß wir verdammt sind, allein und ziellos in einem teilnahmslosen Universum herumzuirren, ohne Hoffnung auf Erlösung, ohne jede Aussicht, außer auf Elend, Tod und die leere Wirklichkeit eines ewigen Nichts?»

Ich konnte sehen, daß ich auf meinen Onkel damit tiefen Eindruck machte, denn er sagte zu mir: «Du wunderst dich, warum du zu keiner Party mehr eingeladen wirst. Lieber Himmel, du bist entsetzlich!» Er beschuldigte mich, ein Nihilist zu sein, dann sagte er in dieser geheimnisvollen Art, die senile Leute haben: «Gott ist nicht immer da, wo man Ihn sucht, sondern ich versichere dir, lieber Neffe, Er ist überall. In diesen Brezeln zum Beispiel.» Damit ging er weg und ließ mir seinen Segen und einen Scheck da, der so hoch war, daß ich damit einen Flugzeugträger hätte bezahlen können.

Ich kehrte nach Hause zurück und fragte mich, was er wohl mit der schlichten Behauptung: «Er ist überall. In diesen Brezeln zum Beispiel!» gemeint haben könnte. Schläfrig und schlechter Laune legte ich mich auf mein Bett und machte ein kurzes Nickerchen. Da hatte ich einen Traum, der mein Leben für immer ändern sollte. Im Traum schlendere ich auf dem Lande umher, als ich plötzlich merke, daß ich hungrig bin. Ausgehungert, wenn Sie wollen. Ich komme zu einem Restaurant und gehe hinein. Ich bestelle ein Roastbeef-Sandwich und französischen Salat dazu. Die Kellnerin, die meiner Zimmerwirtin ähnlich sieht (eine vollkommen nichtssagende Frau, die einen sofort an irgendwelche haarigen Flechten erinnert), versucht, mich dazu zu überreden, den Hühnersalat zu bestellen, der nicht frisch aussieht. Wie ich mich so mit der Frau unterhalte, verwandelt sie sich in ein vierundzwanzigteiliges Silberbesteck. Ich drehe bald durch vor Lachen, das plötzlich in Tränen umschlägt und dann in eine ernste Ohrenentzündung. Das Zimmer wird von strahlendem Glanz durchflutet, und ich sehe eine schimmernde Gestalt auf einem weißen Roß herannahen. Es ist mein Fußpfleger, und ich falle voll Schuldbewußtsein zu Boden.

Das war mein Traum. Ich erwachte mit einem ungeheuren Wohlgefühl. Mit einemmal war ich optimistisch. Alles war mir klar. Die Behauptung meines Onkels strahlte auf den Kern meiner ganzen Existenz zurück. Ich ging in die Küche und fing an zu essen. Ich aß alles, was mir vor die Augen kam. Kuchen, Brote, Haferflocken, Fleisch, Obst. Köstliche Schokoladen, Gemüse in Soßen, Wein, Fisch, Pudding und Nudeln, Eclairs und Wurst im Gesamtwert von mehr als sechzigtausend Dollar. Wenn Gott überall ist, hatte ich gefolgert, dann ist er im Essen. Je mehr ich äße, desto göttlicher würde ich werden. Von dieser neuen frommen Inbrunst getrieben, überfraß ich mich wie ein Fanatiker. In sechs Monaten war ich der heiligste aller Heiligen, mit einem Herzen, das vollkommen meinem Gebet verschrieben war, und einem Magen, der von ganz allein über die Staatsgrenze hinauswucherte. Meine Füße sah ich zuletzt eines Donnerstagmorgens in Witebsk, obgleich nach allem, was ich weiß, sie immer noch da unten sind. Ich aß und aß und wuchs und wuchs. Eine Abmagerungskur zu machen wäre der größte Blödsinn gewesen. Sogar eine Sünde! Denn wenn wir zwanzig Pfund verlieren, lieber Leser (und ich nehme an, Sie sind nicht so dick wie ich), könnten wir am Ende die besten zwanzig Pfund verlieren, die wir haben! Wir könnten die Pfunde verlieren, die unser Genie enthalten, unsere Menschlichkeit, unsere Liebe und Ehrlichkeit oder, wie in dem Fall eines Generalinspekteurs, den ich kannte, gerade eben nur ein paar unansehnliche Fettpölsterchen um die Hüften.

Nun, ich weiß, was Sie sagen. Sie sagen, das steht in direktem Widerspruch zu allem – ja, allem –, was ich bisher gesagt hätte. Mit einemmal rechne ich alle Werte zum kalten Kaffee. Ja, und was macht das? Ist denn das Leben nicht auch so ein Widerspruch? Seine Einstellung zum

Fett kann genauso wechseln wie die Jahreszeiten, wie unser Haar, ja, wie das Leben selber sich verändert. Denn Leben ist Veränderung, und Fett ist Leben, und Fett ist auch der Tod. Sehen Sie das nicht ein? Fett ist alles! Vorausgesetzt natürlich, man wiegt nicht zu viel.

Erinnerungen an die zwanziger Jahre

Ich kam in den zwanziger Jahren das erste Mal nach Chicago, um mir einen Boxkampf anzusehen. Ich war mit Ernest Hemingway zusammen, und wir wohnten beide in Jack Dempseys Trainingslager. Hemingway hatte gerade zwei Kurzgeschichten über das Preisboxen fertig, und Gertrude Stein und ich fanden sie ziemlich gut, wenn wir auch einer Meinung waren, daß man noch eine Menge an ihnen feilen müsse. Ich zog Hemingway mit seinem Roman auf, der gerade erscheinen sollte, und wir lachten viel und hatten solchen Spaß, und dann zogen wir irgendwelche Boxhandschuhe über, und er schlug mir die Nase platt.

Diesen Winter mieteten wir, Alice Toklas, Picasso und ich, uns eine Villa in Südfrankreich. Ich arbeitete an etwas, von dem ich das Gefühl hatte, es wäre ein maßgeblicher amerikanischer Roman, aber der Druck war mir zu klein, und ich kam nicht durch.

Nachmittags gingen Gertrude Stein und ich gewöhnlich auf Antiquitätenjagd in die Läden am Ort, und ich erinnere mich, wie ich sie einmal fragte, ob sie meine, ich solle Schriftsteller werden. In ihrer typisch rätselvollen Art, von der wir alle so bezaubert waren, sagte sie: «Nein.» Ich faßte das als Ja auf und reiste am nächsten Tag nach Italien. Italien erinnerte mich in sehr vielem an Chicago, besonders Venedig, weil beide Städte Kanäle haben und ihre Straßen voller Statuen und Kathedralen der bedeutendsten Bildhauer der Renaissance sind.

In diesem Monat fuhren wir zu Picasso ins Atelier nach Arles, was früher einmal Rouen oder Zürich geheißen hatte, bis es die Franzosen unter Ludwig dem Zerstreuten 1589 wieder umbenannten. (Ludwig war ein Bastardkönig des sechzehnten Jahrhunderts, der zu jedermann wirklich gemein war.) Picasso war gerade dabei, mit einer Periode zu beginnen, die später als seine «blaue» bekannt wurde, aber Gertrude Stein und ich tranken erst einmal Kaffee mit ihm, und so fing sie zehn Minuten später an. Sie dauerte vier Jahre, also machten die zehn Minuten wirklich nicht viel aus.

Picasso war ein kleiner Mann, der eine lustige Art zu gehen hatte. Er setzte einen Fuß vor den anderen, bis er das gemacht hatte, was er «Schritte» nannte. Wir lachten über seine entzückenden Einfälle, aber gegen Ende 1930, als der Faschismus hochkam, gab es nur noch sehr wenig zu lachen. Gertrude Stein und ich betrachteten uns Picassos neueste Werke sehr genau, und Gertrude Stein war der Meinung, daß «Kunst, alle Kunst, lediglich ein Ausdruck von etwas ist». Picasso war anderer Ansicht und sagte: «Laßt mich in Ruhe. Ich war gerade beim Essen.» Mein Gefühl war, daß Picasso recht hatte. Er war wirklich gerade beim Essen.

Picassos Atelier war dem von Matisse ganz unähnlich insofern, als Picasso liederlich und Matisse in allem furchtbar ordentlich war. Kurioserweise war aber genau das Gegenteil wahr. Im September dieses Jahres bekam Matisse den Auftrag, eine Allegorie zu malen, aber wegen der Krankheit seiner Frau konnte er sie nicht malen, und so wurde sie schließlich einfach tapeziert. Ich rufe mir die Ereignisse so deutlich in Erinnerung, weil das genau vor dem Winter war, in dem wir alle in dieser billigen Wohnung im Norden der Schweiz wohnten, wo es manchmal ganz plötzlich zu regnen anfängt und dann genauso plötzlich aufhört. Juan Gris, der spanische Kubist, hatte Alice Toklas überredet, ihm für ein Stilleben zu sitzen, und mit seiner typisch abstrakten Auffassung von den Dingen begonnen, ihr Gesicht und ihren Körper in die geometrischen Grundformen zu zerlegen, bis die Polizei kam und ihn von ihr fortriß. Gris war spanischer Herkunft, und Gertrude Stein pflegte zu sagen, daß nur ein echter Spanier sich so benehmen könne wie er, das heißt, er sprach Spanisch und fuhr manchmal zu seiner Familie nach Spanien. Das zu beobachten war wirklich ganz wunderbar.

Ich erinnere mich eines Nachmittags, wir saßen in einer lustigen Bar in Südfrankreich und hatten unsere Füße bequem auf Hockern in Nordfrankreich liegen, als Gertrude Stein plötzlich sagte: «Mich kotzt es an!» Picasso hielt das für sehr ulkig, aber Matisse und ich faßten das als Wink auf, nach Afrika abzudampfen. Sieben Wochen später, in Kenia, stießen wir auf Hemingway. Braun gebrannt und jetzt mit Bart, begann er bereits, jenen allseits bekannten faden Prosastil um Augen und Mund zu entwickeln. Hier, in dem unerforschten Schwarzen Kontinent, war Hemingway wohl tausendmal aufgeplatzten Lippen mannhaft entgegengetreten.

«Wie geht's denn so, Ernest?» fragte ich ihn. Er kam ins Plaudern über Tod und Abenteuer, wie nur er das konnte, und als ich wieder wach wurde, hatte er ein Lager aufgeschlagen und saß an einem großen Feuer und bereitete für uns alle feine Appetithäppchen aus Affenhaut zu. Ich uzte ihn wegen seines neuen Bartes, und wir lachten und süffelten Cognac, und dann zogen wir irgendwelche Boxhandschuhe über, und er schlug mir die Nase platt.

In diesem Winter ging ich ein zweites Mal nach Paris, um mich mit einem dünnen, nervösen europäischen Komponisten mit Adlerprofil und bemerkenswert raschen Augen zu unterhalten, der eines Tages Igor Strawinsky sein sollte und später dann sein bester Freund. Ich wohnte bei Man und Sting Ray, und Salvador Dali kam mehrere Male zum Abendessen, und Dali beschloß, eine Ein-Mann-Show zu veranstalten, was er auch tat, und es war ein Riesenerfolg, weil tatsächlich ein Mann ins Theater kam, und es war ein so lustiger und schöner französischer Winter.

Ich erinnere mich, wie Scott Fitzgerald und seine Frau eines Abends von ihrer Silvesterparty nach Hause kamen. Es war im April. Sie hatten die verflossenen drei Monate nichts als Champagner zu sich genommen und auf eine Wette hin einige Wochen zuvor in voller Abendkleidung ihre Limousine von einer dreißig Meter hohen Klippe ins Meer kutschiert. Etwas jedoch war real an den Fitzgeralds: Ihre Ansprüche waren bescheiden. Sie waren so anspruchslose Leute, und als Grant Wood ihnen später zusetzte, sie sollten ihm unbedingt für seine «Amerikanische Gotik» sitzen, erinnere ich mich noch, wie geschmeichelt sie waren. Und in allen Sitzungen, erzählte mir Zelda, ließ Scott immerfort die Mistgabel fallen.

In den folgenden paar Jahren freundeten Scott und ich uns immer mehr an, und die meisten unserer Freunde glaubten, er habe die Hauptfigur seines letzten Romans nach mir und ich mein Leben nach seinem vorletzten Roman gestaltet, bis es mir schließlich passierte, daß ich von einer Romanfigur verklagt wurde.

Scott hatte große Probleme mit seiner Arbeitsdisziplin, und obwohl wir alle Zelda vergötterten, waren wir doch darin einig, daß sie gegenüber seinem Werk Abneigung empfand und seine Produktion von einem Roman pro Jahr auf ein gelegentliches Fischrezept und eine Reihe Kommas zurückschraubte.

1929 gingen wir schließlich alle zusammen nach Spanien, wo Hemingway uns Manolete vorstellte, der so sensibel war, daß man ihn fast feminin nennen konnte. Er trug enge Torerohosen, manchmal auch Knickerbocker. Manolete war ein großer, großer Künstler. Wäre er kein Stierkämpfer geworden, dann hätte er bei seiner ungeheuren Grazie auch ein weltberühmter Buchhalter werden können.

Wir hatten dies Jahr in Spanien so viel Spaß, und wir reisten und schrieben, und Hemingway nahm mich zum Thunfischfang mit, und ich fing vier Dosen, und wir lachten, und Alice Toklas fragte mich, ob ich mich in Gertrude Stein verliebt hätte, weil ich ihr ein Buch mit Gedichten gewidmet hatte, obwohl sie von T. S. Eliot waren, und ich sagte ja, ich liebte sie, aber es könne niemals gutgehen, weil sie viel zu intelligent für mich sei, und Alice Toklas stimmte mir zu, und dann zogen wir irgendwelche Boxhandschuhe über, und Gertrude Stein schlug mir die Nase platt.

Graf Dracula

Irgendwo in Transsylvanien liegt Dracula, das Ungeheuer, in seinem Sarg und schläft und wartet, daß die Nacht hereinbricht. Und weil, wenn er sich den Strahlen der Sonne aussetzte, er mit Sicherheit zugrunde ginge, bleibt er im Schutze seiner mit Satin ausgeschlagenen Gruft, die in Silberbuchstaben den Namen seiner Familie trägt. Dann kommt der Augenblick, wo es dunkel ist, und von einem geheimnisvollen Instinkt getrieben, kriecht der Unhold aus der Sicherheit seines Verstecks hervor und streift, nachdem er die gräßliche Gestalt der Fledermaus oder des Wolfs angenommen hat, durch das Land und trinkt das Blut seiner Opfer. Endlich, bevor die ersten Strahlen seiner Erzfeindin, der Sonne, einen neuen Tag verkünden, eilt er in den Schutz seiner verborgenen Gruft zurück und schläft, und der Kreislauf beginnt von neuem.

Jetzt fängt er an, sich zu rühren. Das Zucken seiner Augenlider ist die Reaktion auf ein uraltes, unerklärliches, instinktives Gefühl, daß die Sonne beinahe untergegangen und seine Zeit nahe ist. Heute abend ist er besonders hungrig, und wie er da so liegt, hellwach jetzt, mit seinem rotgefütterten Inverness-Cape und dem Frack bekleidet, und darauf wartet, daß er mit seinem angsterregenden Wahrnehmungsvermögen genau den Augenblick der Dunkelheit spürt, bevor er den Deckel hebt und hervorkommt, entscheidet er, wer diesen Abend die Opfer sein werden. Der Bäcker und seine Frau, denkt er bei sich. Saftig, zugänglich, arglos. Der Gedanke an dieses unbedachte Paar, dessen Vertrauen er sorgfältig gezüchtet hat, erregt seine Blutgier bis zur Fieberglut, und er kann sich die letzten Sekunden kaum zurückhalten, bevor er aus dem Sarg steigt, um sich seine Beute zu suchen.

Plötzlich weiß er, daß die Sonne untergegangen ist. Wie ein Engel der Hölle erhebt er sich geschwind, verwandelt sich in eine Fledermaus und fliegt voll Ungeduld zum Dorf seiner gepeinigten Opfer.

«Ach, Graf Dracula, was für eine nette Überraschung», sagt die Bäckersfrau, als sie die Tür aufmacht und ihn hereinläßt. (Er hat wieder menschliche Gestalt angenommen, als er das Haus betritt, womit er auf ganz bezaubernde Weise seine raubgierige Absicht verbirgt.)

«Was bringt Sie denn so früh hierher?» fragt der Bäcker.

«Unsere Verabredung zum Abendessen», antwortet der Graf. «Ich hoffe, ich habe mich nicht geirrt. Sie haben mich doch für heute abend eingeladen, nicht wahr?»

«Ja, heute abend, aber das ist noch sieben Stunden hin.»

«Wie bitte?» fragt Dracula und sieht sich verwirrt im Zimmer um.

«Oder sind Sie vorbeigekommen, um sich mit uns die Sonnenfinsternis anzusehen?»

«Sonnenfinsternis?»

«Ja, wir haben heute totale Sonnenfinsternis.»

«Was?»

«Ein paar Momente Dunkelheit von Mittag bis zwei Minuten danach. Sehen Sie doch zum Fenster hinaus.»

«Oh, oh – ich bin in großer Verlegenheit.»

«Wie?»

«Und wenn Sie mich jetzt entschuldigen würden ...»

«Was denn, Graf Dracula?»

«Muß gehen, oje, du liebe Güte ...» Außer sich tappt er nach der Türklinke.

«Sie gehen? Sie sind doch eben erst gekommen.»

«Ja – aber – ich glaube, ich habe mich völlig vertan ...»

«Graf Dracula, Sie sind blaß!»

«Wirklich? Ich habe etwas frische Luft nötig. Es war nett, Sie zu sehen ...»

«Kommen Sie. Setzen Sie sich. Wir trinken etwas.»

«Trinken? Nein, ich muß mich beeilen. Äh – Sie treten mir aufs Cape.»

«Sicher doch. Ruhen Sie sich aus. Ein bißchen Wein!»

«Wein? O nein, habe ich aufgegeben – die Leber und all das, wissen Sie? Und jetzt muß ich aber wirklich abschwirren. Mir ist soeben eingefallen, ich habe im Schloß das Licht brennen lassen – das gibt ja eine enorme Stromrechnung ...»

«Bitte», sagt der Bäcker und legt den Arm in aufrichtiger Freundschaft um den Grafen. «Sie stören doch nicht. Seien Sie doch nicht so höflich. Auch wenn Sie zu zeitig hier sind.»

«Wirklich, ich würde gerne bleiben, aber es gibt da ein Treffen alter rumänischer Grafen drüben in der Stadt, und ich bin für den Aufschnitt verantwortlich.»

«Eilen Sie, eilen Sie. Ein Wunder, wenn Sie keinen Herzanfall bekommen.»

«Ja, richtig – na dann ...»

«Ich mache heute abend Hühnerpilaw», bemerkt die Bäckersfrau. «Ich hoffe, Sie mögen das.»

«Wunderbar, wunderbar», sagt der Graf lächelnd, als er sie zur Seite in einen Kübel Wäsche schubst. Dann öffnet er aus Versehen die Tür zur Toilette und geht hinein.

«Jesusmaria, wo ist denn die verdammte Eingangstür?»

«Ach je», lacht die Bäckersfrau, «so ein lustiger Mann, der Graf!»

«Ich wußte, Ihnen gefällt das», sagt Dracula mit gekünsteltem Gekicher, «aber gehen Sie mir jetzt aus dem Weg.» Endlich macht er die Haustür auf, aber die Zeit für ihn ist abgelaufen.

«Oh, guck mal, Mutti», sagt der Bäcker, «die Sonnenfinsternis muß vorbei sein. Die Sonne kommt wieder.»

«Ganz recht», sagt Dracula und knallt die Eingangstür wieder zu. «Ich habe beschlossen zu bleiben. Ziehen Sie schnell die Jalousien runter – schnell! Beeilung bitte!»

«Welche Jalousien?» fragt der Bäcker.

«Es gibt keine, was? Konnte ich mir ja denken. Haben Sie wenigstens einen Keller in diesem Schuppen?»

«Nein», sagt die Frau freundlich, «ich habe Jarslav immer gesagt, er sollte einen bauen, aber er hört ja nicht. Das ist vielleicht ein Jarslav, mein Mann!»

«Ich muß ganz dringend. Wo ist denn das Klo?»

«Da waren Sie doch schon mal drin, Graf Dracula. Und Mutti und ich haben darüber gelacht.»

«Ach, so ein lustiger Mann, der Herr Graf.»

«Also, ich bin auf dem Klo. Klopfen Sie um halb acht.» Und mit diesen Worten geht der Graf in die Toilette und schlägt die Tür zu.

«Hihi – er ist so lustig, Jarslav.»

«Aber, Herr Graf. Kommen Sie doch aus dem Klo. Hören Sie mit dem Blödsinn auf.» Aus der Toilette tönt dumpf Draculas Stimme.

«Kann nicht – bitte – nehmen Sie mein Wort darauf. Lassen Sie mich nur hier drin. Mir geht's gut. Wirklich.»

«Graf Dracula, hören Sie mit dem Unsinn auf. Wir können schon nicht mehr vor Lachen.»

«Darf ich Ihnen sagen, daß ich dieses Klosett liebe?»

«Ja, aber ...»

«Ich weiß, ich weiß ... es macht einen komischen Eindruck, und doch bin ich hier drin und habe Spaß dran. Ich sagte gerade neulich zu Frau Heß, gebt mir ein gutes Klosett, und ich kann stundenlang darin zubringen. Süße Frau, Frau Heß. Fett, aber süß ... Aber warum scheren Sie sich jetzt nicht weg und melden sich bei Sonnenuntergang wieder bei mir? Ramona la da da de da da de, Ramona ...»

Nun erscheinen der Bürgermeister und seine Frau Katia. Sie sind gerade vorbeigekommen und haben beschlossen, ihren guten Freunden, dem Bäcker und seiner Frau, einen Besuch zu machen.

«Hallo, Jarslav. Ich hoffe, Katia und ich stören nicht?»

«Natürlich nicht, Herr Bürgermeister. Kommen Sie heraus, Graf Dracula! Wir haben Gäste!»

«Ist der Graf hier?» fragt der Bürgermeister überrascht.

«Ja, und Sie raten nie, wo», sagt die Bäckersfrau.

«Es ist selten, daß man ihn so früh unterwegs sieht. Wirklich, ich kann mich überhaupt nicht erinnern, ihn je tagsüber gesehen zu haben.»

«Tja, er ist aber hier. Kommen Sie raus, Graf Dracula!»

«Wo ist er denn?» fragt Katia, die nicht weiß, ob sie lachen soll oder nicht.

«Na, nun kommen Sie schon raus! Na los!» Die Frau des Bäckers wird ungeduldig.

«Er ist auf dem Klo», sagt der Bäcker zur Verteidigung.

«Wirklich?» fragt der Bürgermeister.

«Vorwärts», sagt der Bäcker mit nur scheinbar guter Laune, als er an die Toilettentür klopft. «Genug ist genug. Der Bürgermeister ist da.»

«Los, kommen Sie raus, Dracula», schreit Seine Gnaden, «lassen Sie uns einen trinken.»

«Nein, sehen Sie zu, daß Sie weiterkommen. Ich habe hier was zu erledigen.»

«Auf dem Klo?»

«Ja, ich möchte Ihnen den Tag nicht verderben. Ich kann hören, was Sie sagen. Ich melde mich, wenn ich was dazu zu sagen habe.» Alle sehen einander an und zucken die Achseln. Man schenkt Wein ein, und alle trinken.

«Schöne Sonnenfinsternis heute», sagt der Bürgermeister und nippt an seinem Glas.

«Ja», stimmt der Bäcker bei, «unglaublich.»

«Ja, spannend», hört man eine Stimme aus der Toilette.

«Was, Dracula?»

«Nichts, nichts. Lassen Sie nur.» Und so vergeht die Zeit, bis es dem Bürgermeister zu bunt wird, er die Tür zur Toilette aufbricht und schreit: «Los, Dracula. Ich dachte immer, Sie sind ein erwachsener Mensch. Hören Sie mit diesem Schwachsinn auf.»

Das Tageslicht strömt herein und läßt das schreckliche Ungeheuer aufkreischen und dann sich vor den Augen der vier Umstehenden erst langsam zu einem Skelett und dann zu Staub auflösen. Die Frau des Bäckers beugt sich zu dem Häufchen weißer Asche auf dem Toilettenboden hinab und ruft: «Soll das heißen, das Abendbrot ist heute abend gestorben?»

Ein bißchen lauter, bitte!

Führt euch vor Augen, daß ihr's mit einem Mann zu tun habt, der *Finnegans Wake* auf der Achterbahn in Coney Island verschlungen hat und mühelos Joyces abstruses Geheimnis ergründete, obwohl es so wahnsinnig schlingerte, daß mir fast die Silberplomben rausgeflogen wären. Macht euch auch klar, daß ich zu den wenigen Auserwählten gehöre, die in dem zusammengeknautschten Buick im Museum of Modern Art auf der Stelle jene genaue Wechselwirkung von Nuance und Tönung witterten, die Odilon Redon erzielt haben könnte, wenn er den subtilen Doppelsinn der Pastellfarbe aufgegeben und statt dessen mit einer Schrottpresse gearbeitet hätte. Und als einer, Jungs, der obendrein mit seinem ungeheuren Sachverstand als erster den vielen verwirrten Theatergängern über den *Godot* das richtige Licht aufgesteckt hat, wenn sie in der Pause im Foyer träge und mit ihrer Wut im Bauch rumtrotteten, daß sie dem Kartenschieber ihre Kohlen für so 'n Quark ohne ein richtiges Lied zum Mitsingen oder wenigstens mit 'ner Nutte im Flitterfummel in den Rachen geworfen hatten, muß ich euch sagen, daß meine Beziehungen zu den sieben Allgewaltigen von der Kulturfront ganz schön solide sind. Dem ist noch hinzuzufügen, daß die acht Radios, die neulich synchron in der Stadthalle dirigiert wurden, mich in den siebenten Himmel schossen und daß ich jetzt noch bei Gelegenheit nach Mitternacht an meinem alten Philco im Keller in Harlem sitze, wo wir noch ’n bißchen späten Wetterbericht und Nachrichten scheppern lassen und wo mal ein maulfauler Landarbeiter namens Jess, der nie in seinem Leben ’ne Schule von innen gesehen hatte, mit viel Gefühl die Börsenschlußberichte trompetete. Das war wie richtiger Soul. Schließlich, um mit meinem Fall zum Ende zu kommen, nehmt bitte zur Kenntnis, daß meine Visage zum festen Stamm bei Happenings und Underground-Filmpremieren gehört, und daß öfters Artikel von mir in *Sight and Stream* zu lesen sind, einer zerebralen Vierteljahresschrift, die auf moderne Konzeptionen im Kino und Süßwasserfischen eingespielt ist. Wenn das nicht Empfehlungen genug sind, um mir den Titel Joe der Empfindungsreiche zu geben, Kumpels, dann geb ich auf. Und trotzdem, bei dieser ungeheuren Sensibilität, die mir aus den Poren quillt wie der Apfelsirup vom Pfannkuchen, wurde ich vor kurzem wieder drauf gestoßen, daß ich bildungsmäßig eine Achillesferse besitze, die mir vom Fuß bis zum Genick geht.

Es fing eines Tages im letzten Januar an, da stand ich in McGinnis’ Bar am Broadway, spachtelte an ’nem Trumm des opulentesten Käsekuchens der Welt rum und erlitt plötzlich die schuldbewußte und cholesterinausschüttende Halluzination, ich könnte meine Aorta hören, wie sie gerade zu einem Hockeypuck gefriert. Gleich neben mir stand eine nervenzermürbende Blondine, die unter ihrem schwarzen Hemdchen dermaßen herausfordernd Ebbe und Sturmflut machte, daß selbst einem Pfadfinder der Wahn kommen mußte, ein Vampir zu sein. Die vergangenen fünfzehn Minuten war mein «Darf ich mal um den Senf bitten» das Zentralthema unserer Beziehung gewesen, trotz verschiedener Versuche meinerseits, ein bißchen *action* zu entwickeln. Wie die Dinge lagen, *hatte* sie mir den Senf rübergeschoben, und ich war gezwungen, einen Klecks davon auf meinen Käsekuchen zu löffeln, um die Ehrlichkeit meiner Bitte zu beweisen.

«Ich höre, die Eiertermine steigen», wagte ich schließlich zu äußern und tat so gleichgültig wie jemand, der im Nebenberuf Großkonzerne fusioniert. Weil ich nicht mitgekriegt hatte, daß ihr Typ von der Güterverladestation im Hafen genau auf Klapp wie in 'nem Dick-und-Doof-Film reingekommen war und direkt hinter mir stand, schoß ich einen durstigen und ausgehungerten Blick auf sie ab und erinnere mich noch, ungeheuer kluges Zeug über Krafft-Ebing losgelassen zu haben, bevor ich das Bewußtsein verlor. Das nächste, was ich wieder weiß, ist, daß ich die Straße runterrannte, um mich vor dem Zorn in Sicherheit zu bringen, mit dem ein Club sizilianischer Cousins hinter mir her zu sein schien, die darauf versessen waren, die Ehre des Mädchens zu rächen. Ich suchte Zuflucht im kühlen Dunkel eines Wochenschau-Kinos, wo die Gewaltkur von Donald Duck und drei Librium mein Nervenkostüm wieder auf seine normale Zitterfrequenz runterbrachte. Der Hauptfilm fing an und stellte sich als ein Reisebericht über den Urwald in Neuguinea heraus – ein Thema, das mit «Moose unserer Heimat» und «Das Leben der Pinguine» um meine Auffassungsgabe rang. «Die Primitiven», dröhnte der Erzähler, «die heutzutage keinen Deut anders leben als der Mensch vor Millionen von Jahren, schlachten den wilden Keiler (dessen Lebensstandard auch nicht wahrnehmbar gestiegen zu sein schien) und sitzen nachts ums Feuer und führen sich die Jagdbeute pantomimisch vor.» Pantomime! Das traf mich mit einer Klarheit, die meine Nebenhöhlen sauberputzte! Hier klaffte ein Riß in meiner Bildungswehr – der einzige Riß natürlich, aber einer, der mich seit meiner Kindheit schmerzte, als eine pantomimische Fassung von Gogols *Mantel* sich meinem Verständnis völlig entzog und mich überzeugt hatte, einfach vierzehn Russen bei Turnübungen zuzusehen. Pantomime war mir immer ein Geheimnis – das ich wegen der Verlegenheit, die es bei mir hervorrief, auch lieber vergaß. Aber jetzt trat dieser Mangel wieder zutage, und zu meinem Ärger genauso schlimm wie immer. Ich verstand das rasende Gefuchtel des Anführers der Ureinwohner Neuguineas genausowenig, wie ich je Marcel Marceau in irgendeiner seiner kleinen Parodien verstanden habe, die riesenhafte Menschenhaufen mit so ungehemmter Bewunderung erfüllen. Ich wand mich in meinem Kinosessel, als der dilettierende Dschungel-Thespis seine Mit-Primitiven stumm belustigte, und als er schließlich mit starker Pranke von den Stammesältesten seine Geldforderungen eintrieb, da schlich ich mich niedergeschmettert aus dem Kino.

Zu Hause setzte mir den ganzen Abend meine Unzulänglichkeit zu. Es war die grausame Wahrheit: Trotz meiner affenartigen Schnelligkeit in anderen Bereichen künstlerischen Strebens reichte ein einziger Pantomimenabend hin, um mich eindeutig als Markhams *Mann mit der Hacke* erscheinen zu lassen – dumpf, vom Donner gerührt, der Bruder eines riesengroßen Ochsen. Ich fing an, haltlos zu toben, aber mein Oberschenkel krampfte sich hinten zusammen, und ich mußte mich erst mal hinsetzen. Letzten Endes überlegte ich, welche elementarere Kommunikationsform gibt es? Warum war diese universale Kunstform in ihrer Bedeutung allen zugänglich, nur nicht mir? Ich versuchte noch mal, haltlos zu toben, und diesmal schaffte ich's, aber meine Nachbarschaft ist sehr ruhig, und ein paar Minuten später guckten zwei rotnakkige Kerle vom Neunzehnten Distrikt bei mir vorbei, um mich zu informieren, daß haltloses Toben eine Fünfhundert-Dollar-Strafe oder sechs Monate Gefängnis oder beides bedeuten könnte. Ich dankte ihnen und ging schnurstracks auf meine Ottomane, wo meine Bemühung, meine monströse Schwäche einfach wegzuschlafen, auf acht Stunden nächtliche Beklemmung rauslief, die ich nicht mal Macbeth an den Hals wünschen würde.

Ein weiteres Beispiel meiner pantomimischen Minderbemitteltheit, das mir durch Mark und Bein ging, nahm nur wenige Wochen später seinen Lauf, als zwei Freikarten fürs Theater zu meinem Briefschlitz reintrudelten – der Preis dafür, daß ich die Singstimme Mama Yanceys vor vierzehn Tagen im Radio richtig erkannt hatte. Der erste Preis war ein Bentley gewesen, und in der Aufregung, rechtzeitig mit meinem Anruf beim Discjockey durchzukommen, war ich nackt aus der Badewanne geschossen, hatte das Telefon mit der einen nassen Hand gepackt und versucht, mit der anderen das Radio abzudrehen, als ich auch schon im Prallschuß an die Decke ging, während die Lichter im Umkreis mehrerer Meilen dunkler wurden, wie damals, als Lepke auf dem elektrischen Stuhl saß. Meine zweite Umrundung des Kronleuchters wurde durch die offene Schublade eines Louis-Quinze-Schreibtischs unterbrochen, an der ich frontal landete, wobei ich eine vergoldete Zierleiste quer über den Mund geknallt kriegte. Eine schmückende Markierung auf dem Gesicht, die jetzt so aussah, als wäre sie mir mit einer Rokoko-Törtchenform hingestanzt worden, dazu ein Knoten auf dem Kopf von der Größe eines Schwaneneis erzeugten bei mir den logischen Durchblick, mit dem ich auf den zweiten Platz hinter Mrs. Sleet Mazursky kam, und weil meine Träume vom Bentley ausgeträumt waren, fand ich mich mit ein paar Freikarten für einen Off-Broadway-Theaterabend ab. Daß ein berühmter internationaler Pantomime auf dem Programm stand, kühlte meine Glut auf die Temperatur einer Polkappe ab, aber in der Hoffnung, den Bann endlich zu brechen, beschloß ich hinzugehen. Ich war nicht imstande, auf eine Voranmeldung von bloß sechs Wochen hin ein Mädchen für den Abend aufzutreiben, und so benutzte ich die zweite Karte, sie meinem Fensterputzer, Lars, als Trinkgeld zu geben, einem dösigen Kuli mit der geballten Empfindungsfähigkeit der Berliner Mauer. Zuerst dachte er, die kleine orangefarbene Pappkarte wäre eßbar, aber als ich ihm erklärte, daß sie für einen Pantomimenabend gelte – eines der wenigen Zuschauerereignisse, von dem er, von einem Großfeuer abgesehen, hoffen konnte, daß er es versteht –, dankte er mir überschwenglich.

Am Abend der Vorstellung platzten wir zwei beiden – ich in meiner Opernmantille und Lars mit seinem Eimer – voll Zuversicht aus unserem Taxi, strömten ins Theater und drängten uns auf unsere Plätze, wo ich mir das Programm genau ansah und mit einer gewissen Nervosität erfuhr, daß die erste Nummer eine kleine stumme Lustbarkeit mit dem Titel «Ein Picknick» sein sollte. Es ging los, als ein dürres Männchen mit mehlweißem Make-up und in engem schwarzem Trikot auf die Bühne kam. Die übliche Picknickkleidung – ich habe sie selber letztes Jahr bei einem Picknick im Central Park getragen, und außer bei ein paar jugendlichen Provos, die das als Vorwand werteten, meine tollen Kurven zur Schau zu stellen, ging sie unbemerkt unter. Der Mime machte sich jetzt daran, eine Picknickdecke auszubreiten, und sofort ging's wieder mit meiner alten Verwirrung los. Entweder breitete er eine Picknickdecke aus oder melkte eine kleine Ziege. Darauf zog er sich umständlich seine Schuhe aus, wenn man davon absieht, daß ich absolut nicht sicher bin, daß es seine Schuhe waren, weil er einen trank und den anderen mit der Post nach Pittsburgh schickte. Ich sage Pittsburgh, aber in Wirklichkeit ist es schwer, den Begriff Pittsburgh zu mimen, und wenn ich mir es recht überlege, glaube ich jetzt, daß das, was er mimte, ganz und gar nicht Pittsburgh war, sondern ein Mann, der mit seiner Golfkarre durch eine Drehtür fahren wollte – oder möglicherweise zwei Männer, die eine Druckpresse auseinandernahmen. Wieso das zu einem Picknick gehörte, kapier ich nicht. Der Pantomime begann dann, eine unsichtbare Sammlung rechteckiger Gegenstände zu sortieren, die zweifellos schwer waren, wie eine komplette Reihe der *Encyclopedia Britannica*, von denen ich den Verdacht hatte, er hole sie aus seinem Picknickkorb raus, obwohl sie nach der Art, wie er sie hielt, auch das Budapester Streichquartett hätten sein können, schön gebunden und geknebelt.

Zugleich bemerkte ich, daß ich zur Überraschung der Leute, die in meiner Nähe saßen, wie üblich versuchte, dem Mimen die Einzelheiten seiner Darbietung klären zu helfen, indem ich laut riet, was er gerade tat. «Kissen ... großes Kissen. Polster? *Sieht aus* wie ein Polster ...» Diese wohlmeinende Teilnahme bringt den wahren Liebhaber des stummen Theaters oft aus der Fassung, und ich habe bei solchen Gelegenheiten bei den Umsitzenden eine Neigung bemerkt, Unbehagen in verschiedener Form auszudrücken, das geht von einem bedeutungsvollen Räuspern bis zu einem Löwenprankenhieb auf den Hinterkopf, den ich einmal von einem Mitglied des Hausfrauen-Theatervereins aus Manhasset einstecken mußte.

Bei dieser Gelegenheit jetzt klatschte mir eine würdige Dame, die wie Oscar Wilde aussah, ihre Lorgnette wie eine Reitpeitsche über die Fingerknöchel und warnte mich: «Komm zu dir, Junge!» Dann wisperte sie mir in der geduldig-langsamen Art von Leuten, die mit einem bombengeschädigten Infanteristen reden, leise ins Ohr, daß der Mime es jetzt spaßhaft mit den verschiedenen Dingen zu tun habe, die üblicherweise den Picknickteilnehmer in Verlegenheit brächten – Ameisen, Regen und der vergessene Korkenzieher, der immer für einen Lacher gut ist. Vorübergehend aufgeklärt, schüttelte ich mich vor Lachen, als ich mir den Mann vorstellte, dem das Fehlen eines Korkenziehers Kummer macht, und staunte über die grenzenlosen Möglichkeiten.

Schließlich fing der Mann an, Glas zu blasen. Entweder blies er Glas, oder er tätowierte die gesamte Studentenschaft der Northwestern University. Es sah wie die Studentenschaft der Northwestern University aus, aber es hätte auch ein Männerchor sein können – oder eine Wärmemaschine – oder jener große, ausgestorbene Vierfüßler, oft amphibisch und gewöhnlich pflanzenfressend, dessen versteinerte Überreste im Norden bis zur Arktis gefunden wurden. Unterdessen krümmte sich das Publikum vor Lachen über die Albernheiten auf der Bühne. Sogar der dämliche Lars wischte sich die Freudentränen mit seinem Gummiwischer vom Gesicht. Aber für mich war es hoffnungslos: je mehr ich's versuchte, desto weniger verstand ich. Eine verzagte Müdigkeit bemächtigte sich meiner, ich schlüpfte aus meinen Galoschen und gab's auf. Das nächste, was in mein Bewußtsein drang, waren zwei Putzfrauen, die im Rang an der Arbeit waren und sich über die Pros und Kontras der Schleimbeutelentzündung in den Haaren hatten. Ich kramte beim matten

Schein der Theater-Arbeitsbeleuchtung meine Sinne zusammen, zog meinen Schlips gerade und machte mich zu Riker's auf den Weg, wo ein Hamburger und eine Malzschokolade mir im Hinblick auf ihren Sinn überhaupt keine Schwierigkeiten machten, und da warf ich zum ersten Male an diesem Abend die Last meines Schuldbewußtseins von mir. Bis zum heutigen Tage bin ich bildungsmäßig unvollkommen, aber ich arbeite daran. Wenn ihr mal einen Schöngeist bei einer Pantomime schielen, sich winden und mit sich selber reden seht, kommt ruhig näher und sagt hallo – aber ihr müßt mich frühzeitig in der Vorstellung erwischen: ich werde nicht gerne belästigt, wenn ich mal schlafe.

Gespräche mit Helmholtz

Das Folgende sind ein paar Kostproben von Gesprächen, die dem in Kürze erscheinenden Buch *Gespräche mit Helmholtz* entnommen sind.

Dr. Helmholtz, jetzt an die Neunzig, war ein Zeitgenosse Freuds, ein Pionier der Psychoanalyse und Begründer der psychologischen Schule, die seinen Namen trägt. Am bekanntesten ist er vielleicht durch seine Verhaltensforschungen geworden, in denen er nachwies, daß der Tod ein erworbener Charakterzug ist.

Helmholtz wohnt mit seinem Diener Rolf und seiner dänischen Dogge Rolf auf einem Landsitz in der Schweiz. Die meiste Zeit verbringt er mit Schreiben, und augenblicklich ist er dabei, seine Autobiographie so umzuarbeiten, daß er selber darin vorkommt. Die *Gespräche* wurden über einen Zeitraum von mehreren Monaten zwischen Helmholtz und seinem Schüler, dem Helmholtz-Forscher Fürchtegott Hoffnung, geführt, den Helmholtz unbeschreiblich verabscheut, jedoch erträgt, weil er ihm Nougat mitbringt. Ihre Unterhaltungen berührten viele verschiedene Themen, von der Psychopathologie und Religion bis zur Frage, warum Helmholtz es nicht gelingt, eine Scheckkarte zu bekommen. «Der Meister», wie Hoffnung ihn nennt, erscheint als ein warmherziger, aufmerksamer Mensch, der behauptet, er gäbe mit Freuden die Erfolge seines ganzen Lebens daran, wenn er sich nur die Krätze vom Halse schaffen könnte.

1. April: Kam pünktlich um 10 Uhr morgens bei Helmholtz an, wo mir das Dienstmädchen sagte, der Doktor sei in seinem Zimmer und sichte Adressen. In meiner Ängstlichkeit meinte ich, sie hätte gesagt, der Doktor sei in seinem Zimmer und sichte das Essen. Wie sich herausstellte, hatte ich richtig gehört, und Helmholtz sichtete tatsächlich das Essen. Beide Hände hatte er voll Haferflocken, die er zu beliebigen Häufchen ordnete. Als ich ihn darüber befragte, sagte er: «Ach – wollten doch nur mehr Menschen das Essen sichten!» Seine Antwort gab mir zu denken, aber ich hielt es für das beste, die Angelegenheit nicht weiter zu verfolgen. Als er sich in seinen Ledersessel zurücklehnte, fragte ich ihn nach den frühen Tagen der Psychoanalyse.

«Als ich Freud das erste Mal traf, arbeitete ich bereits an meinen Theorien. Freud stand in einer Bäckerei. Er versuchte, sich ein paar *Schnecken* zu kaufen, brachte es jedoch nicht fertig, sie mit ihrem Namen zu verlangen. Freud hatte zu große Hemmungen, das Wort ‹Schnecken› auszusprechen, wie Sie wahrscheinlich wissen. ‹Geben Sie mir ein paar von diesen kleinen Kuchen›, sagte er und zeigte mit dem Finger darauf. Der Bäcker sagte: ‹Meinen Sie die *Schnecken*, Herr Professor?› Da wurde Freud puterrot, floh zur Tür hinaus und murmelte: ‹Äh, nein, nichts – schon gut!› Ich erstand die Kuchen ohne jede Mühe und brachte sie Freud als Geschenk. Wir wurden gute Freunde. Ich habe von jeher gemeint, daß bestimmte Leute sich schämen, bestimmte Wörter zu sagen. Gibt es irgendwelche Wörter, die Sie in Verlegenheit setzen?»

Ich erklärte Helmholtz, daß ich in einem bestimmten Restaurant keinen Hummato (eine mit Hummer gefüllte Tomate) bestellen könne. Helmholtz fand, daß das auch ein besonders dämliches Wort sei, und wünschte, er könne dem Mann, der es erfand, das Gesicht zerkratzen. Das Gespräch kam wieder auf Freud zurück, der jeden Gedanken Helmholtzens zu beherrschen scheint, obwohl sich die beiden Männer nach einer Auseinandersetzung über etwas Petersilie haßten.

«Ich erinnere mich an einen Fall Freuds. Edna S. Hysterische Nasenlähmung. Sie konnte kein Kaninchen imitieren, wenn sie dazu aufgefordert wurde. Das machte ihr unter Freunden große Angst, die oft grausam waren. ‹Komm, Liebchen, zeig uns, wie du ein Kaninchen machst.› Dann wackelten sie ausgiebig mit ihren Nasenlöchern, sehr zu ihrem gegenseitigen Vergnügen.

Freud empfing sie zu einer Reihe analytischer Sitzungen in seinem Arbeitszimmer, aber irgend etwas ging schief, und anstatt ihre Zuwendung auf Freud zu übertragen, übertrug sie sie auf einen Kleiderständer, ein großes, hölzernes Möbel, das im Zimmer stand. Freud war beunruhigt, weil die Psychoanalyse damals mit Skepsis betrachtet wurde, und als das Mädchen mit dem Kleiderständer zu einer Kreuzfahrt durchbrannte, schwor Freud, nie wieder zu praktizieren. Und wirklich spielte er eine Zeitlang ernsthaft mit dem Gedanken, Akrobat zu werden, bis ihn Ferenczi davon überzeugte, daß er es niemals lernen würde, einen richtig guten Purzelbaum zu schlagen.»

Ich sah, daß Helmholtz nun müde wurde, weil er aus seinem Sessel auf den Fußboden unter den Tisch gerutscht war, wo er schlief. Ich wollte seiner Güte nicht weiter zur Last fallen und ging auf Zehenspitzen hinaus.

5. April: Ich traf Helmholtz dabei an, wie er gerade seine Geige spielte. (Er ist ein wunderbarer Amateurgeiger, obwohl er keine Noten lesen und auch nur einen Ton spielen kann.) Wieder setzte mir Helmholtz einige Probleme der frühen Psychoanalyse auseinander.

«Alle versuchten, Freuds Gunst zu gewinnen. Rank war auf Jones eifersüchtig. Jones beneidete Brill. Brill ärgerte sich über Adlers Besuche bei Freud dermaßen, daß er Adlers ‹Kreissäge› versteckte. Einmal hatte Freud ein paar Sahnebonbons in der Tasche und gab Jung einen davon. Rank wurde wütend darüber. Er beklagte sich bei mir, Freud würde Jung bevorzugen. Besonders bei der Verteilung von Süßigkeiten. Ich ignorierte das, weil ich mir aus Rank nicht besonders viel machte, denn er hatte kurz zuvor meinen Aufsatz über ‹Die Euphorie bei Schnecken› als ‹den Gipfel mongoloiden Denkens› bezeichnet.

Jahre später brachte Rank den Vorfall noch einmal zur Sprache, als wir eine Autofahrt durch die Alpen machten. Ich erinnerte ihn daran, wie dumm er damals gehandelt habe, und er gestand, er habe unter einer ungewöhnlichen Spannung gestanden, weil sein Vorname, Otto, von vorn genauso buchstabiert wird wie von hinten, und das habe ihn bedrückt.»

Helmholtz lud mich zum Abendessen ein. Wir saßen an dem großen Eichentisch, von dem er behauptet, er sei ein Geschenk von Greta Garbo, obwohl sie leugnet, ihn wie auch Helmholtz überhaupt zu kennen. Ein typisches Helmholtz-Abendbrot bestand aus: einer großen Rosine, großzügigen Portionen Speck und einer Dose Salm für jeden. Nach dem Essen gab es Pfefferminzbonbons, und Helmholtz holte seine Sammlung Lackschmetterlinge hervor, die ihn in gereizte Stimmung versetzten, als er merkte, daß sie gar nicht fliegen konnten.

Später ruhten Helmholtz und ich uns im Wohnzimmer bei ein paar Zigarren aus. (Helmholtz vergaß, seine Zigarre anzuzünden, zog aber so heftig daran, daß sie wirklich kleiner wurde.) Wir diskutierten einige der berühmtesten Fälle des Meisters.

«Da war zum Beispiel Joachim B. Ein Mann von etwa Mitte Vierzig, der kein Zimmer betreten konnte, in dem ein Cello war. Was schlimmer war, als er sich einmal mit einem Cello in einem Zimmer befand, konnte er es nicht verlassen, bevor er nicht von einem Rothschild dazu aufgefordert wurde. Außerdem stotterte Joachim B. Aber nicht beim Sprechen, sondern nur beim Schreiben. Wenn er das Wort ‹aber› schrieb, erschien es als ‹a-a-a-a-a-ber› in seinen Briefen. Er wurde mit dieser Behinderung oft gehänselt und versuchte Selbstmord zu begehen, indem er sich in einen großen Eierkuchen wickelte und sich zu ersticken versuchte. Ich behandelte ihn mit Hypnose, und er war wieder in der Lage, ein normales, gesundes Leben zu führen, wenn er auch in späteren Jahren fortwährend phantasierte, ein Pferd getroffen zu haben, das ihm riet, sich der Architektur zuzuwenden.»

Helmholtz sprach über den berüchtigten Frauenschänder V., der einstmals ganz London in Schrecken versetzt hatte.

«Ein höchst ungewöhnlicher Fall von Perversion. Er hatte eine periodisch wiederkehrende Sexualphantasie, in der er von einer Gruppe Anthropologen gedemütigt und gezwungen wurde, O-beinig herumzugehen, was, wie er gestand, ihm großes sexuelles Vergnügen bereitete. Er rief sich in Erinnerung, wie er als Kind die Wirtschafterin seiner Eltern, eine Frau von lockerer Moral, dabei überrascht hatte, wie sie gerade ein Sträußchen Wasserkresse küßte, was er erotisch fand. Als Teenager wurde er dafür bestraft, seinem Bruder den Kopf bemalt zu haben, obwohl sein Vater, Anstreicher von Beruf, mehr von der

Tatsache aus der Fassung gebracht war, daß er den Jungen nur einmal gestrichen hatte.

V. machte sich mit achtzehn an die erste Frau heran, und danach vergewaltigte er jahrelang ein halbes Dutzend pro Woche. Das Geeignetste, was ich bei der Therapie mit ihm machen konnte, war, eine sozial annehmbarere Gewohnheit an die Stelle der alten zu setzen, um seine aggressiven Neigungen zu unterdrücken; später, wenn er zufällig auf eine ahnungslose Frau stieß, zog er, anstatt sie zu überfallen, einen großen Heilbutt aus seiner Jacke und zeigte ihn ihr. Während dieser Anblick bei einigen Bestürzung hervorrief, verschonte er die Frauen doch vor jeder Gewalttat, und einige gestanden sogar, ihr Leben sei durch diese Erfahrung unermeßlich bereichert worden.»

12. April: Diesmal fühlte sich Helmholtz nicht allzu gut. Er war am Tage zuvor auf einer Wiese verlorengegangen und auf ein paar Birnen gefallen. Er war ans Bett gefesselt, saß aber aufrecht darin und lachte sogar, als ich ihm erzählte, ich hätte einen Abszeß.

Wir erörterten seine Theorie der Gegenpsychologie, auf die er kurz nach Freuds Tod gekommen war. (Freuds Tod war, Ernst Jones zufolge, dasjenige Ereignis, das den endgültigen Bruch zwischen Helmholtz und Freud nach sich zog, und die beiden haben danach nur noch selten miteinander gesprochen.)

Damals hatte Helmholtz einen Versuch entwickelt, bei dem er mit einer Glocke läutete und eine Gruppe weißer Mäuse daraufhin Mrs. Helmholtz zur Tür hinausbrachte und auf dem Bordstein absetzte. Er machte viele solcher Verhaltensexperimente und hörte erst damit auf, als ein Hund, der darauf abgerichtet war, aufs Stichwort Speichel abzusondern, sich weigerte, ihn die Ferien über im

Hause zu behalten. Ihm wird nebenbei immer noch der klassische Aufsatz über «Unmotiviertes Kichern beim Rentier» zugeschrieben.

«Ja, ich gründete die Schule der Gegenpsychologie. Wirklich ganz zufällig. Meine Frau und ich hatten uns gerade gemütlich ins Bett gelegt, als ich plötzlich Lust auf einen Schluck Wasser hatte. Zu faul, es mir selber zu holen, bat ich Mrs. Helmholtz, es mir zu bringen. Sie weigerte sich und sagte, sie sei von der Kichererbsenernte zu erschöpft. Wir diskutierten darüber, wer es holen solle. Schließlich sagte ich: ‹Ich möchte auf gar keinen Fall ein Glas Wasser. Wirklich, ein Glas Wasser ist das letzte, was ich mir auf der Welt wünsche.› Darauf sprang meine Frau auf und sagte: ‹Ach, du willst gar kein Wasser, wie? Das ist aber zu dumm!› Und sie schlüpfte schnell aus dem Bett und holte mir welches. Ich versuchte, den Vorfall mit Freud bei dem Analytikerspaziergang in Berlin zu erörtern, aber er und Jung waren Teilnehmer am Großen Preis der Dreibeinigen und waren durch die Festlichkeiten zu sehr in Anspruch genommen, um zuzuhören.

Erst Jahre später fand ich einen Weg, dieses Prinzip für die Behandlung von Depressionen nutzbar zu machen, und war in der Lage, den großen Opernsänger J. von der krankhaften Furcht zu heilen, eines Tages in einem Frühstückskorb zu enden.»

18. April: Als ich ankam, fand ich Helmholtz beim Beschneiden einiger Rosenbüsche. Er sprach viel über die Schönheit der Blumen, die er liebt, weil «sie nicht immer gleich Geld borgen wollen».

Wir sprachen über die heutige Psychoanalyse, die Helmholtz für ein Märchen hält, das von der Couch-Industrie am Leben gehalten wird.

«Diese modernen Analytiker! Sie verlangen so viel. Zu meiner Zeit hätte Sie für fünf Mark Freud selber behandelt. Für zehn Mark hätte er Sie behandelt und Ihre Hosen geplättet. Für fünfzehn Mark hätten Sie *ihn* behandeln dürfen, und obendrein konnten Sie auch noch zwischen zwei beliebigen Gemüsebeilagen wählen. Dreißig Dollar pro Stunde! Fünfzig Dollar pro Stunde! Der Kaiser bekam bloß zwölf Mark fünfundzwanzig dafür, daß er Kaiser war. Und er mußte zu Fuß zur Arbeit gehen! Und die Behandlungsdauer! Zwei Jahre! Fünf Jahre! Wenn einer von uns einen Patienten nicht in einem halben Jahr heilen konnte, gaben wir ihm sein Geld wieder, nahmen ihn zu irgendeiner Musicalrevue mit und spendierten ihm entweder eine Mahagoni-Obstschale oder einen Satz Schnitzmesser aus rostfreiem Stahl. Ich erinnere mich, daß man die Patienten, mit denen Jung nicht zu Rande gekommen war, gut erkennen konnte, weil er ihnen große ausgestopfte Pandas zu schenken pflegte.»

Wir spazierten auf den Gartenwegen entlang, und Helmholtz ging zu anderen interessanten Themen über. Er war ein wahres Erkenntnisbündel, und es gelang mir, einige seiner Kernsprüche festzuhalten.

Über die Situation des Menschen: «Wäre der Mensch unsterblich, können Sie sich vorstellen, wie hoch dann seine Fleischerrechnungen wären?»

Über Religion: «Ich glaube an kein Leben nach dem Tode, obwohl ich immer Unterwäsche zum Wechseln bei mir habe.»

Über Literatur: «Die ganze Literatur ist eine Fußnote zum *Faust*. Ich habe keine Ahnung, was ich damit meine.»

Ich bin überzeugt, Helmholtz ist ein sehr bedeutender Mann.

Viva Vargas!
Auszüge aus dem Tagebuch eines Revolutionärs

3. Juni: Viva Vargas! Heute haben wir uns in die Berge geflüchtet. Von der Ausbeutung unseres kleinen Landes durch das korrupte Arroyo-Regime empört und angewidert, hatten wir Julio mit einer Liste unserer Beschwerden und Forderungen in die Stadt geschickt, von denen keine vorschnell und, meiner Meinung nach, keine übermäßig war. Wie sich herausstellte, ließ Arroyos besetzter Stundenplan es nicht zu, daß von der Zeit, in der er gefächelt wird, ein bißchen abgezweigt würde, um mit unserem geliebten Rebellenemissär zusammenzutreffen; statt dessen übertrug er die ganze Geschichte seinem Minister, der sagte, er lasse unseren Bittgesuchen seine ganze Sorgfalt angedeihen, wolle aber als erstes nur eben mal sehen, wie lange Julio lächeln könne, wenn er den Kopf unter flüssiger Lava hätte.

Wegen vieler schimpflicher Behandlungen wie dieser haben wir schließlich unter der begnadeten Führung Emilio Molina Vargas' beschlossen, die Angelegenheit selber in die Hand zu nehmen. Wenn das Verrat ist, schrien wir an den Straßenecken, dann laßt uns das Beste daraus machen.

Ich rekelte mich unglücklicherweise gerade in einer heißen Badewanne, als die Meldung kam, daß die Polizei binnen kurzem da wäre, um mich zu hängen. Ich hüpfte mit begreiflicher Munterkeit aus meinem Bad, trat auf ein nasses Stück Seife und schoß von meiner Vorderterrasse herunter, wobei ich den Sturz zum Glück mit meinen Zähnen abfangen konnte, die über den Fußboden kullerten wie Liebesperlen. Nackt und zerschunden wie ich war, erforderte es das Überleben, daß ich schnell handelte, und ich sprang auf El Diablo, meinen Hengst, und stieß den Rebellenschrei aus. Das Pferd scheute und warf mich ab, und ich brach mir ein paar kleine Knochen.

Als wäre das alles nicht schon verheerend genug gewesen, hatte ich kaum zwanzig Fuß zu Fuß zurückgelegt, als mir meine Druckpresse einfiel, und weil ich so eine gewaltige politische Waffe (und so ein gewaltiges Beweisstück) nicht zurücklassen wollte, machte ich kehrt, um sie zu retten. Wie es der Zufall wollte, war das Ding schwerer, als es aussah, und es hochzuheben war eine Sache, für die ein Ladebaum geeignet gewesen wäre, bloß kein Collegestudent von einem Zentner Lebendgewicht. Als die Polizei eintraf, verfing sich meine Hand in der Maschine, als sie unkontrolliert losratterte und mir längere Passagen Marx auf das nackte Hinterteil druckte. Fragt mich nicht, wie ich es geschafft habe, mich loszureißen und aus einem Fenster zu schwingen, das nach hinten rausging. Zum Glück entkam ich der Polizei und brachte mich in Vargas' Lager in Sicherheit.

4. Juni: Wie friedlich es hier in den Bergen ist! Draußen unter den Sternen zu leben. Eine Gruppe hingebungsvoller Männer, die alle auf ein gemeinsames Ziel hinarbeiteten. Obwohl ich gehofft hatte, ein Wörtchen bei der eigentlichen Planung der Kampagne mitreden zu können, hatte Vargas das Gefühl, meine Dienste könnten als Kompaniekoch besser gebraucht werden. Das ist kein leichter Job, wenn die Lebensmittel knapp sind, aber irgendeiner muß es ja machen, und wenn man alles recht bedenkt, war mein erstes Menü ein großer Erfolg. Klar, nicht alle Männer sind schrecklich scharf auf Feuersalamander, aber wir können nicht wählerisch sein, und von ein paar kleinlichen Essern abgesehen, die gegen alle Reptilien Vorurteile haben, lief das Essen ohne Zwischenfälle ab.

Ich belauschte heute Vargas, und er ist ganz zuversichtlich über unsere Aussichten. Er hat das Gefühl, uns wird die Kontrolle über die Hauptstadt irgendwann im Dezember zufallen. Aber sein Bruder Luis, ein von Natur aus nach innen gekehrter Mann, hält es bloß für eine Frage der Zeit, bis wir verhungert sind. Die Gebrüder Vargas zanken sich unablässig über militärische Strategie und politische Philosophie, und man kann sich kaum vorstellen, daß diese beiden großen Rebellenführer noch letzte Woche Wärter in der Herrentoilette im hiesigen *Hilton* waren. Unterdessen warten wir ab.

10. Juni: Den Tag mit Exerzieren verbracht. Wie wunderbar wir uns doch von einer schäbigen Bande Guerilleros zu einer hartgesottenen Armee gemausert haben. Diesen Morgen praktizierten Hernandez und ich den Einsatz der Machete, unseres rasiermesserscharfen Zuckerrohrmessers, und auf Grund eines Anfalls von Übereifer meines Kollegen kam ich dahinter, daß ich Blutgruppe 0 habe. Das Schlimmste ist das Warten. Arturo hat eine Gitarre, kann aber bloß «Cielito Lindo» spielen, das die Männer zunächst ziemlich gern hörten, aber jetzt wird der Wunsch danach nur noch selten geäußert. Ich versuchte, Feuersalamander auf eine neue Art zuzubereiten, ich glaube, den Männern hat's Freude gemacht, obwohl ich bemerkt habe, daß einige mühsam kauten und den Kopf nach hinten werfen mußten, um's runterzukriegen.

Ich belauschte Vargas heute wieder. Er und sein Bruder diskutierten ihre Pläne für die Zeit, wenn die Hauptstadt eingenommen ist. Ich möchte wissen, welchen Posten er für mich aufhebt, wenn die Revolution beendet ist. Ich bin voll Zuversicht, daß sich meine unbändige Treue, die man nur als hündisch bezeichnen kann, auszahlen wird.

1. Juli: Eine Gruppe unserer besten Männer hat heute ein Dorf überfallen, um Lebensmittel aufzutreiben, und sie hatten die Möglichkeit, viele der Taktiken anzuwenden, die wir uns erworben haben. Die meisten der Rebellen machten sich ausgezeichnet, und obwohl die Gruppe niedergemetzelt wurde, sieht Vargas es als moralischen Sieg an. Diejenigen von uns, die an dem Streifzug nicht beteiligt waren, saßen im Lager herum, während Arturo uns mit ein bißchen «Cielito Lindo» erfreute. Die Moral bleibt hoch, auch wenn Nahrung und Waffen im Grunde genommen nicht vorhanden sind und die Zeit langsam vergeht. Zum Glück haben wir etwas Zerstreuung durch die Hitze von über vierzig Grad, die, glaube ich, die vielen lustigen Gurgellaute erklärt, die die Männer machen. Unsere Zeit wird kommen.

10. Juli: Es war heute im Grunde ein guter Tag, trotz der Tatsache, daß wir von Arroyos Leuten in einen Hinterhalt gelockt und schrecklich dezimiert wurden. Das war zum Teil mein Fehler, weil ich unsere Stellung dadurch verriet, daß ich aus Versehen die Namen der christlichen Dreieinigkeit brüllte, als mir eine Tarantel über das Bein kroch. Einige Augenblicke konnte ich die hartnäckige kleine Spinne nicht vertreiben, weil sie sich in die inneren Verstecke meiner Garderobe zurückgezogen hatte, was mich veranlaßte, krampfhaft zuckend zum Fluß zu wirbeln, wo ich vielleicht so fünfundvierzig Minuten herumplanschte. Kurz darauf eröffneten Arroyos Soldaten das Feuer auf uns. Wir kämpften mannhaft, obwohl der Schock, überrascht worden zu sein, eine leichte Verwirrung hervorrief und unsere Leute die ersten zehn Minuten aufeinander schossen. Mit knapper Not entging Vargas der Katastrophe, als ihm eine Handgranate vor die Füße fiel. Er befahl mir, mich auf sie zu werfen, sich dessen bewußt, daß allein er für unsere gerechte Sache unentbehrlich sei, und ich tat es. Wie es das Schicksal wollte, explodierte die Granate nicht, und ich kam unverletzt davon, wenn man von einem leichten Zucken absieht und der Unfähigkeit einzuschlafen, ohne daß mir jemand die Hand hält.

15. Juli: Die Moral der Männer scheint sich zu halten, trotz gewisser kleinerer Dämpfer. Erst mal klaute Miguel ein paar Boden-Boden-Raketen, hielt sie aber irrtümlich für Boden-Luft-Raketen, und als er damit ein paar von Arroyos Flugzeugen abschießen wollte, jagte er unseren ganzen Lastwagenpark in die Luft. Als er versuchte, das Ganze von der heiteren Seite zu betrachten, wurde José böse, und sie kamen sich in die Haare. Dann schlossen sie wieder Frieden und desertierten. Das Desertieren könnte, nebenbei gesagt, zu einem Hauptproblem werden, aber im Moment haben Optimismus und Kameradschaftsgeist den Prozentsatz auf drei von vier Männern zurückgeschraubt. Ich bleibe natürlich treu und koche das Essen, nur scheinen die Männer immer noch nicht die Schwierigkeit dieser Aufgabe richtig zu würdigen. Tatsache ist, daß mir mit dem Tode gedroht worden ist, falls ich mir nichts anderes einfallen ließe als Feuersalamander. Soldaten können manchmal so unvernünftig sein! Aber vielleicht werde ich sie in diesen Tagen mit etwas Neuem überraschen. Unterdessen sitzen wir im Lager herum und warten. Vargas läuft in seinem Zelt hin und her, und Arturo sitzt da und spielt «Cielito Lindo».

1. August: Trotz allem, für das wir dankbar sein müssen, gibt es keinen Zweifel, daß sich eine gewisse Spannung hier im Rebellenhauptquartier eingestellt hat. Kleine Dinge, die nur dem aufmerksamen Auge erkennbar sind, lassen eine Neigung zu innerer Unruhe vermuten. Zum einen gibt es jetzt unter den Männern eine ganze Menge Messerstechereien, aber auch die Streitigkeiten werden immer häufiger. Auch ein Versuch, ein Waffendepot zu überfallen und uns wieder mit Waffen zu versorgen, endete im Chaos, weil Jorges Leuchtkugel in seiner Hosentasche zu früh explodierte. Alle unsere Männer wurden in die Flucht gejagt, bis auf Jorge, der gefangengenommen wurde, nachdem er zwischen zwei Dutzend Häusern hin und her gescheppert war wie ein Flipperkugel. Als am Abend alle im Lager zurück waren und ich die Feuersalamander anbrachte, meuterten die Männer. Ein paar von ihnen hielten mich fest, während Ramon mich mit meinem Kochlöffel verprügelte. Ich wurde durch ein Gewitter gnädig errettet, das drei Todesopfer forderte. Schließlich, auf dem Gipfel der Ernüchterung, stimmte Arturo «Cielito Lindo» an, und ein paar von der Gruppe, die weniger Sinn für Musik haben, nahmen ihn hinter einen Felsen mit und zwangen ihn, seine Gitarre zu verspeisen.

Auf der Habenseite unseres Kontos ist es Vargas' diplomatischem Abgesandten nach vielen erfolglosen Versuchen gelungen, einen interessanten Handel mit dem CIA abzuschließen, in dem sie sich gegen unsere ewige unverbrüchliche Treue gegenüber ihren politischen

Grundsätzen verpflichten, uns mit nicht weniger als fünfzig gegrillten Hähnchen zu versorgen.

Vargas hat nun das Gefühl, mit seiner Voraussage, daß wir bis Dezember erfolgreich wären, vielleicht etwas voreilig gewesen zu sein, und deutet an, daß ein Endsieg zusätzlich Zeit erfordern könnte. Merkwürdigerweise ist er von seinen Gebietskarten und Meßtischblättern abgekommen und baut jetzt stärker auf astrologische Deutungen und Vogeleingeweide.

12. August: Unsere Lage hat sich verschlechtert. Wie es der Zufall wollte, stellten sich die Pilze, die ich so umsichtig gesammelt hatte, um eine Abwechslung in den Speiseplan zu bringen, als giftig heraus, und obwohl der einzige wirklich beunruhigende Nebeneffekt ein paar kleinere Krämpfe waren, an denen die meisten Männer litten, schienen sie doch über die Maßen erbittert zu sein. Obendrein hat der CIA über unsere Aussichten, eine Revolution zustande zu bringen, nochmals nachgedacht und als Ergebnis für Arroyo und sein Kabinett einen Versöhnungs-Brunch bei *Wolfie's* in Miami Beach veranstaltet. Dies samt einem Geschenk von 24 Jagdbombern deutet Vargas als eine geringfügige Verlagerung ihrer Sympathien.

Die Moral scheint noch immer leidlich hoch zu sein, und obgleich die Desertionsrate gestiegen ist, beschränkt sie sich doch immer noch nur auf die, die gehen können. Vargas selbst wirkt ein bißchen niedergeschlagen und hat angefangen, Bindfäden zu sammeln. Er hat nun das Gefühl, daß das Leben unter dem Arroyo-Regime doch vielleicht nicht so ganz unerfreulich ist, und fragt sich, ob wir die Männer, die noch übrig sind, nicht umstimmen sollten, die Ideale der Revolution aufzugeben und eine Rumba-Truppe zu bilden. In der Zwischenzeit sind durch starke Regenfälle Steinlawinen von den Bergen heruntergekommen und haben die Brüder Juarez im Schlaf in den Abgrund gerissen. Wir haben einen Abgesandten mit einer geänderten Liste unserer Forderungen zu Arroyo geschickt, wobei wir nicht vergaßen, den Teil zu streichen, wo wir seine bedingungslose Kapitulation forderten; stattdessen haben wir ein preisgekröntes Rezept für *Guacamole* eingesetzt. Ich frage mich, wie das alles enden wird.

15. August: Wir haben die Hauptstadt genommen. Hier folgen die unglaublichen Einzelheiten:

Nach langer Beratung hatten die Männer abgestimmt und beschlossen, wir sollten unsere letzten Hoffnungen auf ein Selbstmordkommando setzen, mit der Vermutung, daß das Überraschungselement das richtige sein könnte, gegen Arroyos Übermacht anzukommen. Als wir durch den Dschungel auf den Palast zumarschierten, machten Hunger und Erschöpfung langsam einen Teil unserer Entschlossenheit zunichte, und wie wir uns langsam unserem Ziel näherten, beschlossen wir, die Taktik zu ändern und zu sehen, ob wir nicht weiterkämen, wenn wir dem Diktator die Füße leckten. Wir ergaben uns der Palastwache, die uns mit ihren Gewehren im Anschlag vor Arroyo brachte. Der Diktator zog den mildernden Umstand in Betracht, daß wir freiwillig aufgegeben hatten, und während er plante, Vargas nur den Bauch aufzuschlitzen, sollte der Rest von uns damit wegkommen, bei lebendigem Leibe gehäutet zu werden. Als wir unsere Lage angesichts dieser neuen Vorstellung noch einmal überdachten, brachen wir in Panik aus und stürzten in alle Himmelsrichtungen davon, während die Wachen das Feuer eröffneten. Vargas und ich rannten ein Stockwerk höher und platzten auf der Suche nach einem Versteck in das Boudoir von Mrs. Arroyo, die wir in einem Moment verbotener Leidenschaft mit Arroyos Bruder überraschten. Beide wurden nervös. Dann zog Arroyos Bruder seinen Revolver und gab einen Schuß ab. Ohne daß er davon etwas wußte, gab er damit das Signal für eine Söldnertruppe, die der CIA angeheuert hatte und die behilflich sein sollte, die Berge von uns zu säubern, und zwar als Gegenleistung für Arroyo, der den Vereinigten Staaten das Recht eingeräumt hatte, Orangensaftbuden zu eröffnen. Die Söldner, die wegen der wochenlangen widersprüchlichen amerikanischen Außenpolitik mit ihren Loyalitäten völlig durcheinander waren, griffen aus Versehen den Präsidentenpalast an. Arroyo und sein Stab argwöhnten plötzlich ein Doppelspiel des CIA und richteten ihre Gewehre auf die Eindringlinge. Zur selben Zeit flog eine schon seit langem schwelende Verschwörung auf, Arroyo von ein paar Maoisten umbringen zu lassen, weil eine Bombe, die sie in einem Schinkenbrötchen deponiert hatten, zu zeitig explodierte, wodurch der linke Flügel des Palastes in die Luft ging und Arroyos Frau und sein Bruder durch eine Balkendecke geschleudert wurden.

Arroyo griff nach einem Koffer mit Schweizer Sparbüchern und steuerte auf die Hintertür und seinen stets startbereiten Lear-Jet zu. Sein Pilot hob mitten im Gewehrkugelhagel ab, knipste aber, von den hektischen Ereignissen einen Augenblick durcheinandergebracht, am verkehrten Schalter und schickte das Flugzeug auf Steilkurs nach unten. Augenblicke später krachte es in das Lager der Söldnerarmee, verwüstete ihre Linien und zwang sie zur Aufgabe.

In dieser ganzen Zeit wandte Vargas, unser geliebter

Anführer, auf brillante Art die Taktik aufmerksamen Wartens an, indem er reglos an einem Kamin hocken blieb und sich das Aussehen eines dekorativen Porzellannegers gab. Als die Luft rein war, stieß er auf Zehenspitzen in die Hauptdienststelle vor und ergriff die Macht, wobei er nur eine kleine Pause einlegte, um den königlichen Kühlschrank zu öffnen und sich hastig ein pikantes Schinken-Sandwich zusammenzuraffen.

Wir feierten die ganze Nacht, und alle waren sehr betrunken. Ich sprach hinterher mit Vargas über das schwierige Geschäft, ein Land zu regieren. Wenn er auch meint, freie Wahlen seien wesentlich für jede Demokratie, zieht er es doch vor, noch zu warten, bis das Volk ein bißchen reifer geworden ist, bevor er Wahlen zuläßt. Bis dahin hat er sich ein brauchbares Regierungssystem aus dem Ärmel geschüttelt, das auf dem Gotteskönigtum basiert, und meine Treue hat er damit belohnt, daß er mir erlaubt, beim Essen an seiner rechten Seite zu sitzen. Außerdem bin ich dafür verantwortlich, daß das Klo immer schön sauber ist.

Von der Entdeckung und dem Gebrauch des falschen Tintenkleckses

Es gibt keinen Beweis dafür, daß ein falscher Tintenklecks irgendwo im Abendland bereits vor 1921 aufgetaucht wäre, obwohl von Napoleon bekannt war, daß er viel Spaß am Summsumm hatte, einer Vorrichtung, die man in der Hand versteckte und die bei Berührung eine Art elektrischer Vibration erzeugte. Napoleon pflegte seine königliche Hand freundschaftlich einem ausländischen Würdenträger zu reichen, die Hand des arglosen Opfers vibrieren zu lassen und dann vor kaiserlichem Gelächter zu bersten, wenn zur Freude des Hofes der Angeführte mit rotem Gesicht einen unvorhergesehenen Hüpfer vollführte.

Das Summsumm machte viele Veränderungen durch, von denen die bekanntesten nach der Einführung des Kaugummis durch den General Santa Anna aufkamen (ich glaube, das Kaugummi war ursprünglich ein Nachtisch der Frau des Generals, den man einfach nicht herunterbekam) und die Form einer Spearmint-Kaugummi-Packung annahmen, die mit einem sinnreichen Mausefallenmechanismus ausgestattet war. Der Gefoppte, dem ein frischer Streifen Kaugummi angeboten wurde, spürte einen durchdringenden Stich, wenn die Eisenklammer auf seine ahnungslosen Fingerspitzen niedersauste. Die erste Reaktion war normalerweise ein Schmerz, dann ansteckendes Gelächter und schließlich eine Art allgemeiner Volksweisheit. Es ist kein Geheimnis, daß der Gag mit dem bissigen Kaugummi die Umstände bei der Schlacht von Alamo beträchtlich heiterer gestaltete, und obwohl es dabei keine Überlebenden gab, haben die meisten Beobachter das Gefühl, die Dinge hätten ohne diesen listigen kleinen Trick wesentlich schlechter verlaufen können.

Als der Bürgerkrieg begann, versuchten die Amerikaner mehr und mehr, den Schrecknissen einer sich spaltenden Nation zu entfliehen: Während die Generäle der Nordstaaten sich lieber mit dem tropfenden Weinglas amüsierten, brachte Robert E. Lee so manchen kritischen Moment mit seiner brillanten Anwendung der Spritzblume hinter sich. In der ersten Zeit des Krieges gelang es niemandem, der an der anscheinend «wunderschönen Nelke» an Lees Rockaufschlag roch, keinen herzhaften Spritzer Wasser aus dem Suwannee River aufs Auge zu bekommen. Als aber die Dinge für den Süden schlecht standen, verzichtete Lee auf den einstmals so schicken Trick und verließ sich einfach darauf, den Leuten, die er nicht mochte, einen Teppichnagel auf den Stuhl zu legen.

Nach dem Krieg und bis ins frühe zwanzigste Jahrhundert und die sogenannte Ära der «Räuberbarone» hinein machten das Niespulver und eine kleine Blechdose der Marke MANDELBAUM, aus der mehrere riesenhafte Spiralschlangen dem Opfer ins Gesicht sprangen, alles aus, was im Bereich der Albernheit wertvoll war. Es heißt, J. P. Morgan zog ersteres vor, während Rockefeller d. Ä. sich beim letzteren mehr in seinem Element fühlte.

Dann entdeckte 1921 eine Gruppe von Biologen, die in Hongkong zusammentrafen, um sich Anzüge zu kaufen, den falschen Tintenklecks. Er war lange der Hauptinhalt des orientalischen Vergnügungsrepertoires gewesen, und mehrere der späteren Dynastien blieben durch ihre geniale Handhabung dessen an der Macht, was wie eine übergelaufene Flasche und ein häßlicher Tintenfleck aussah, in Wirklichkeit aber ein Klecks aus Blech war.

Die ersten Tintenkleckse, so war zu erfahren, waren noch sehr unfertig, hatten einen Durchmesser von drei Metern fünfzig und legten niemanden rein.

Aber mit der Entdeckung der Idee der kleineren Größen durch einen Schweizer Physiker, der bewies, daß ein Objekt bestimmter Größe in seiner Größe einfach dadurch reduziert werden könne, daß man «es kleiner macht», kam der Tintenklecks voll zu seinem Recht.

Und er blieb in seinem Recht bis 1934, als Franklin Delano Roosevelt ihn daraus vertrieb und in die Rechte von jemand anderem einsetzte. Roosevelt verwandte ihn geschickt zur Beendigung eines Streiks in Pennsylvanien, dessen Einzelheiten amüsant sind. Verstörte Anführer der Arbeiter wie des Managements waren überzeugt, daß jemand eine Tintenflasche ausgegossen habe, wodurch das unbezahlbare Empiresofa von irgend jemandem ruiniert worden sei. Stellen Sie sich vor, wie erleichtert alle waren, als sie erfuhren, daß alles nur ein Scherz war. Drei Tage später wurden die Stahlwerke wieder geöffnet.

Mr. Big

Ich saß in meinem Büro, räumte den Dreck aus meiner Achtunddreißiger und fragte mich, woher mein nächster Fall käme. Ich bin gerne Schnüffler, und wenn ich auch dann und wann das Zahnfleisch mit einem Wagenheber massiert kriege, überzeugt mich doch der süße Duft der Scheinchen davon, daß sich die ganze Chose lohnt. Von den Mädels nicht zu reden, die mein geringeres Interesse beanspruchen, das etwa so als nächstes vor dem Atmen kommt. Das ist der Grund, weshalb, als die Tür zu meinem Büro aufschwang und eine langhaarige Blondine namens Heather Butkiss reingeschritten kam und mir erzählte, sie wäre Nacktmodell und brauchte meine Hilfe, meine Speicheldrüsen in den Dritten schalteten. Sie trug einen kurzen Rock und einen engen Pullover, und ihre Figur beschrieb eine Reihe von Kurven, die bei einem Ochsen einen Herzstillstand hervorgerufen hätten.

«Was kann ich für dich tun, Puppe?»

«Ich möchte, daß Sie jemanden für mich finden.»

«Vermißte Person? Hast du's schon bei der Polizei versucht?»

«Das ist es nicht, Mr. Lupowitz.»

«Nenn mich Kaiser, Puppe. Okay, um was für 'n Schwindel geht's?»

«Um Gott.»

«Gott?»

«Ja, richtig, Gott. Der Schöpfer, das Grundprinzip,

der Urgrund aller Dinge, der Allumfassende. Ich möchte, daß Sie Ihn für mich finden.»

Ich hatte früher schon mal 'n paar beknackte Typen in der Bude, aber wenn sie so gebaut sind wie die, hörst du einfach zu.

«Und warum?»

«Das ist meine Angelegenheit, Kaiser. Sie finden ihn nur.»

«Tut mir leid, Puppe. Du hast dir den verkehrten Knaben geangelt.»

«Aber wieso denn?»

«Oder ich erfahre alle Tatsachen», sagte ich und stand auf.

«Okay, okay», sagte sie und biß sich auf die Unterlippe. Sie zog die Naht ihrer Strümpfe gerade, was genau auf mich gezielt war, aber im Augenblick fuhr ich nicht drauf ab.

«Nu komm mal rüber mit der Schmalzstulle, Puppe.»

«Gut, die Wahrheit ist – ich bin nicht wirklich Nacktmodell.»

«Nein?»

«Nein. Mein Name ist auch nicht Heather Butkiss. Ich heiße Claire Rosenzweig und studiere in Vassar. Ältere Philosophie. Geschichte des abendländischen Denkens und all das. Ich muß bis Januar eine Arbeit fertig haben. Über die Religion des Abendlands. All die anderen Gören im Kursus werden spekulative Ergüsse abliefern. Aber ich möchte *wissen*. Professor Granier hat gesagt, wenn jemand was ganz sicher herausfindet, für den ist es 'ne Spielerei, glatt durchs Examen zu kommen. Und mein Daddy hat mir 'n Mercedes versprochen, wenn ich 'ne glatte Eins kriege.»

Ich machte eine Packung Luckies und einen Pack Kaugummi auf und steckte mir je einen in den Mund. Die Story fing an, mich zu interessieren. Verwöhnte Unimieze. Hoher IQ und ein Körperchen, das ich näher kennenlernen wollte.

«Wie sieht Gott denn aus?»

«Ich habe Ihn nie gesehen.»

«Ja, aber wie weißt du dann, daß Er existiert?»

«Das sollen Sie rausfinden.»

«Oh, Klasse. Dann weißt du nicht, wie Er aussieht? Oder wo man mit dem Suchen anfangen soll?»

«Nein. Nicht richtig. Obwohl ich den Verdacht habe, Er ist überall. In der Luft, in jeder Blume, in Ihnen und in mir – und in diesem Stuhl.»

«Oijoijoi!» Also war sie Pantheistin. Ich notierte mir das im Geiste und sagte, ich würd's mit ihrem Fall auf 'n Versuch ankommen lassen – für hundert Eier pro Tag, Spesen und 'ne Verabredung zum Abendessen. Sie lächelte und stimmte dem Handel zu. Wir fuhren zusammen im Fahrstuhl runter. Draußen war es dunkel. Vielleicht existierte Gott, und vielleicht tat er's auch nicht, aber irgendwo in dieser Stadt gab's sicher 'ne Menge Burschen, die versuchen würden, mich dran zu hindern, was rauszukriegen.

Meine erste Station war Rabbi Itzhak Weismann, ein Geistlicher von hier, bei dem ich was gut hatte, weil ich mal rausgefunden hatte, wer ihm immer Schweinefleisch auf den Hut schmierte. Ich wußte, irgendwas stimmte nicht, als ich mit ihm redete, denn er war erschrocken. Richtig erschrocken.

«Natürlich gibt es einen Sie-wissen-schon-was, ich darf nicht mal Seinen Namen aussprechen, oder Er schlägt mich tot, was ich niemals begriffen habe, warum jemand so reizbar darüber ist, wenn jemand Seinen Namen sagt.»

«Sehen Sie Ihn denn mal?»

«Ich? Wollen Sie einen Witz machen? Ich bin glücklich, wenn ich meine Enkel zu sehen kriege.»

«Wie wissen Sie denn dann, daß Er existiert?»

«Wie ich das weiß? Was ist denn das für eine Frage? Könnte ich für vierzehn Dollar einen Anzug wie diesen bekommen, wenn es da oben niemanden gäbe? Hier, fühlen Sie mal, diesen Gabardine – wie können Sie da zweifeln?»

«Haben Sie weiter nichts dazu zu sagen?»

«He – und was ist das Alte Testament? 'n Kack? Was meinen Sie, wie Moses die Israeliten aus Ägypten rausgekriegt hat? Mit 'm Lächeln und einem Steptänzchen? Glauben Sie mir, man teilt das Rote Meer nicht mit irgend so einem Dingsbums aus dem Supermarkt. Das braucht Macht.»

«Ist also 'n zäher Bursche, was?»

«Ja, sehr zäh. Man sollte denken, bei solchen Erfolgen müßte Er viel sanfter sein.»

«Wie kommt's, daß Sie so viel wissen?»

«Weil wir das auserwählte Volk sind. Am meisten von allen Seinen Kindern sorgt Er sich um uns, was ich auch mal irgendwann gern mit Ihm diskutieren würde.»

«Was zahlen Sie dafür, auserwählt zu sein?»

«Fragen Sie nicht.» So also verhielt es sich. Die Juden waren gegen Bezahlung Gottes Spezis. Es war die alte Schutzerpressung. Sich um sie zu kümmern gegen 'ne Belohnung. Und so wie Rabbi Weismann darüber sprach, schröpfte Er sie reichlich. Ich nahm 'n Taxi und kutschte rüber zu *Dannys Billard* an der Zehnten Avenue. Der Geschäftsführer war ein schleimiger kleiner Bursche, den ich nicht mochte.

«Ist Chicago-Phil da?»

«Wer will ’n das wissen?»

Ich packte ihn bei den Revers und nahm gleichzeitig ’n bißchen Haut mit dazwischen.

«Was, du kleiner Dreckskerl?»

«Hinten», sagte er, seine Umgangsformen hatten sich gebessert. Chicago-Phil. Fälscher, Bankräuber, Gewaltverbrecher und erklärter Atheist.

«Den Kerl hat’s nie gegeben, Kaiser. Das ist die schlichte Wahrheit. Alles ein großer Beschiß. Es gibt keinen Mr. Big. Das ist ein Syndikat. Meistens Sizilianer. Ist international. Aber ’n richtigen Boß haben die nicht. Außer vielleicht den Papst.»

«Ich möchte den Papst treffen.»

«Kann arrangiert werden», sagte er und zwinkerte.

«Sagt dir der Name Claire Rosenzweig was?»

«Nein.»

«Heather Butkiss?»

«Oh, wart mal ’ne Sekunde. Klar. Das ist die blondierte Tante mit den dicken Titten aus Radcliffe.»

«Radcliffe? Sie sagte mir, Vassar.»

«Na, dann lügt sie. Sie ist Lehrerin in Radcliffe. War ’ne Zeitlang mit ’m Philosophen liiert.»

«Pantheist?»

«Nein. Empirist, wenn ich mich richtig erinnere. Übler Bursche. Lehnte Hegel oder jede dialektische Methodik vollkommen ab.»

«Ach, so einer.»

«Tja. War früher Drummer in ’m Jazztrio. Dann verbiß er sich in den Logischen Positivismus. Als es damit nicht klappte, versuchte er’s mit Pragmatismus. Zuletzt hörte ich, daß er ’ne Menge Geld geklaut hat, um in Columbia ’n Schopenhauer-Seminar mitzumachen. Die Mafia würde ihn gerne ausfindig machen – oder ihm wenigstens seine Bücher abjagen, um sie weiterzuverkaufen.»

«Danke, Phil.»

«Laß's gut sein, Kaiser. Da oben gibt es niemand. Da ist Leere. Ich könnte nicht die ganzen faulen Schecks losschlagen oder die Gesellschaft so übers Ohr hauen, wie ich's tue, wenn ich imstande wäre, eine Sekunde lang einen glaubwürdigen Sinn im Dasein zu erkennen. Das Universum ist streng phänomenologisch. Nichts ist ewig. Alles ist bedeutungslos.»

«Wer hat das fünfte Rennen in Aqueduct gewonnen?»

«Santa Baby.»

Ich trank bei *O'Rourke's* ein Bier und versuchte, das alles zusammenzuzählen, es ergab aber überhaupt keinen Sinn. Sokrates war ein Selbstmörder – oder man sagte das. Christus wurde umgebracht. Nietzsche wurde verrückt. Wenn es da irgend jemanden gab, dann wollte er todsicher nicht, daß irgend jemand das wüßte. Und warum belog Claire Rosenzweig mich über Vassar? Konnte Descartes recht gehabt haben? War das Universum dualistisch? Oder traf Kant den Nagel auf den Kopf, als er die Existenz Gottes aus moralischen Gründen voraussetzte?

Den Abend war ich mit Claire zum Essen verabredet. Zehn Minuten nachdem die Rechnung gekommen war, waren wir im Bettchen und, Kumpel, du kannst dir deine abendländischen Gedanken machen. Sie vollführte die Sorte Bodenturnen, die bei den Olympischen Spielen in Tia Juana 'ne Goldmedaille gebracht hätte. Hinterher lag sie auf dem Kissen neben mir, ihr langes blondes Haar war darüber ausgebreitet. Unsere nackten Körper noch eng umschlungen. Ich rauchte und starrte an die Decke.

«Claire, was wäre, wenn Kierkegaard recht hätte?»

«Was meinst du?»

«Wenn man nie wirklich *wissen* kann. Nur glauben.»

«Das ist absurd.»

«Sei nicht so rational.»

«Niemand ist rational, Kaiser.» Sie zündete sich 'ne Zigarette an. «Werd jetzt bloß nicht onthologisch. Nicht jetzt. Ich könnte's nicht ertragen, wenn du onthologisch zu mir wärst.»

Sie war ganz aus dem Häuschen. Ich beugte mich über sie und küßte sie, und das Telefon klingelte. Sie nahm ab.

«Ist für dich.»

Die Stimme am anderen Ende gehörte Sergeant Reed von der Mordkommission.

«Suchen Sie immer noch Gott?»

«Ja.»

«Ein allmächtiges Wesen? All-Einheit? Schöpfer des Universums? Urgrund aller Dinge?»

«Genau den.»

«Jemand mit der Beschreibung ist gerade im Leichenschauhaus aufgekreuzt. Sie kommen besser gleich mal vorbei.»

Okay, was soll ich sagen, Er war's, und so, wie Er aussah, hatten's Profis gemacht.

«Er war tot, als sie Ihn herbrachten.»

«Wo habt ihr Ihn gefunden?»

«In einem Lagerhaus in der Delancey Street.»

«Irgendwelche Anhaltspunkte?»

«Das ist das Werk eines Existentialisten. Da sind wir sicher.»

«Wie könnt ihr das wissen?»

«Willkürlich, wie's gemacht ist. Scheint kein System dabei verfolgt zu haben. Blinder Trieb.»

«Verbrechen aus Leidenschaft?»

«Sie haben's erfaßt. Was bedeutet, Sie sind verdächtig, Kaiser.»

«Wieso ich?»

«Jeder unten im Präsidium weiß, was Sie für Jaspers empfinden.»

«Das macht mich doch nicht zum Mörder.»

«Noch nicht, aber Sie sind verdächtig.»

Auf der Straße draußen sog ich die Luft in meine Lungen und versuchte, 'n klaren Kopf zu kriegen. Ich nahm 'n Taxi rüber nach Newark, stieg aus und ging einen Block weiter bis zu Giordinos italienischem Restaurant. Da saß an einem der hinteren Tische Seine Heiligkeit. Es war der Papst, okay. Er saß da mit zwei Burschen, die ich 'n halbes dutzendmal bei polizeilichen Gegenüberstellungen gesehen hatte.

«Setz dich», sagte er und sah von seinen Fettucini auf. Er hielt mir seinen Ring hin. Ich lächelte ihn mit allen zweiunddreißig Zähnen auf einmal an, küßte den Ring aber nicht. Das ärgerte ihn, und ich war fröhlich. Ein Punkt für mich.

«Möchtest du ein paar Nudeln?»

«Nein, danke, Heiligkeit. Aber machen Sie nur weiter.»

«Gar nichts? Nicht mal einen Salat?»

«Habe gerade gegessen.»

«Wie du willst, aber sie machen hier eine fabelhafte Roquefort-Tunke. Nicht wie im Vatikan, wo man kein anständiges Essen kriegen kann.»

«Ich komme sofort zur Sache, Pontifex. Ich suche Gott.»

«Damit bist du zum Richtigen gekommen.»

«Dann existiert Er also?» Sie fanden das alle sehr amüsant und lachten. Der Strolch gleich neben mir sagte:

«Ach, das ist lustig. Das helle Bürschchen möchte wissen, ob Er existiert.»

Ich schob meinen Stuhl zurück, um's mir bequem zu machen, und stellte ihm das Stuhlbein auf den kleinen Zeh. «Entschuldigung.» Aber er war auf achtzig.

«Klar existiert Er, Lupowitz, aber ich bin der einzige, der mit Ihm Verbindung hat. Er spricht nur durch mich.»

«Wieso Sie, *amigo*?»

«Weil ich das rote Gewand trage.»

«Diesen Fummel?»

«Mach dich nicht lustig darüber. Jeden Morgen stehe ich auf, ziehe dieses rote Gewand an, und plötzlich bin ich 'n dicker Maxe. Es steckt alles in dem Putz. Ich meine, überleg dir doch mal, wenn ich in Jeans und 'ner Sportjacke rumliefe, würde mich niemand in der Religion ernst nehmen.»

«Also ist es Beschiß. Es gibt keinen Gott.»

«Ich weiß es nicht. Aber was soll's? Geld stinkt nicht.»

«Haben Sie nie Angst, die Wäscherei könnte Ihr rotes Gewand mal nicht rechtzeitig fertig haben, und Sie wären dann wie alle?»

«Ich benutze den 24-Stunden-Schnelldienst. Ich denke, die paar Lire ist das wert, um sicher zu sein.»

«Der Name Claire Rosenzweig sagt Ihnen was?»

«Klar. Sie ist in der naturwissenschaftlichen Fakultät in Bryn Mawr.»

«Naturwissenschaften, sagen Sie? Danke.»

«Wofür?»

«Für die Antwort, Pontifex.» Ich schnappte mir 'n Taxi und schoß damit über die George-Washington-Brücke. Auf dem Weg hielt ich an meinem Büro und guckte schnell 'n paar Sachen nach. Auf der Fahrt zu Claires Wohnung setzte ich die Teile zusammen, und zum erstenmal paßten sie. Als ich ankam, hatte sie einen durchsichtigen Morgenmantel an, und irgendwas schien sie zu beunruhigen.

«Gott ist tot. Die Polizei war hier. Sie suchen nach dir. Sie glauben, ein Existentialist hat's getan.»

«Nein, Puppe. Du warst es.»

«Was? Mach keine Witze, Kaiser.»

«Du hast es getan.»

«Was sagst du da?»

«Du, Baby. Nicht Heather Butkiss oder Claire Rosenzweig, sondern Dr. Ellen Shepherd.»

«Wie hast du meinen Namen rausgekriegt?»

«Professorin der Physik in Bryn Mawr. Die jüngste, die dort je eine Fakultät geleitet hat. Beim Faschingsball verguckst du dich in einen Jazzmusiker, der schwer in die Philosophie verschossen ist. Er ist verheiratet, aber das hält dich nicht ab. Ein paar Nächte im Heu, und es fühlt sich wie Liebe an. Aber es funktioniert nicht, weil etwas zwischen euch tritt. Gott. Nicht wahr, Süße, er glaubte, oder wollte es wenigstens, aber du mit deinem netten kleinen Naturwissenschaftlergemüt mußtest absolute Gewißheit haben.»

«Nein, Kaiser, ich schwör's dir.»

«Also tust du so, als studiertest du Philosophie, weil dir das die Chance gibt, bestimmte Hindernisse zu beseitigen. Sokrates wirst du noch leicht los, aber Descartes gewinnt die Oberhand, also benutzt du Spinoza, um Descartes loszuwerden, und als Kant keinen Erfolg hat, mußt du ihn dir auch noch vom Halse schaffen.»

«Du weißt nicht, was du sagst.»

«Aus Leibniz hast du Gehacktes gemacht, aber das war nicht gut genug für dich, weil du wußtest, wenn irgend jemand Pascal glauben würde, wärst du 'ne tote Frau, also mußtest du ihn auch loswerden, aber das ist der Punkt, wo du 'n Fehler gemacht hast, weil du Martin Buber vertrautest. Abgesehen davon, Puppe, war er ein Gefühlsdusel. Er glaubte an Gott, also hattest du Gott selber loszuwerden.»

«Kaiser, du bist wahnsinnig.»

«Nein, Baby. Du spieltest dich als Pantheistin auf, was dir Zutritt zu Ihm verschaffen sollte – *falls* Er existierte, was er tat. Er ging mit dir zu Shelbys Party, und als Jason mal nicht hinsah, tötetest du Ihn.»

«Wer zum Teufel sind Shelby und Jason?»

«Wen interessiert das? Das Leben ist schon absurd genug.»

«Kaiser», sagte sie und zitterte plötzlich, «du läßt mich doch nicht in der Tinte sitzen?»

«O doch, Baby. Wenn das Höchste Wesen erledigt wird, muß *irgend jemand* bestraft werden.»

«O Kaiser, wir könnten zusammen weggehen. Gerade wir zwei. Wir könnten die Philosophie vergessen. Uns häuslich einrichten und vielleicht mit Semantik beschäftigen.»

«Tut mir leid, Puppe. Es hat keinen Zweck.»

Sie schwamm jetzt in Tränen, als sie anfing, die Träger ihres Morgenmantels runterzustreifen, und ich stand da plötzlich mit 'ner nackten Venus, deren ganzer Körper zu sagen schien: Nimm mich – ich gehöre dir. Eine Venus, deren rechte Hand mir das Haar zerwühlte, während ihre linke sich eine Fünfundvierziger gegriffen hatte und mir in den Rücken hielt. Ich ließ eine Kugel aus meiner Achtunddreißiger raus, ehe sie den Abzug drücken konnte, und sie ließ ihre Kanone fallen und knickte ganz ungläubig zusammen.

«Wie konntest du nur, Kaiser?»

Sie machte schnell schlapp, aber ich bekam es hin, ihr noch rechtzeitig alles beizubiegen.

«Die Offenbarung des Universums als einer komplexen Idee seiner selbst im Gegensatz zum Sein in oder außerhalb des wahren Seins von sich ist in sich ein begriffliches Nichts oder ein Nichts in Beziehung zu jeder abstrakten Form des Seienden oder Sein-Sollenden oder in Ewigkeit Existiert-Habenden, und den Gesetzen des Physikalischen oder der Bewegung oder der Vorstellungen in bezug auf die Nicht-Materie oder das Fehlen objektiven Seins oder objektiven Andersseins nicht unterworfen.»

Das war ein subtiler Gedanke. Aber ich glaube, sie verstand, bevor sie starb.

William Kotzwinkle

Fan Man
rororo 4592

«Mann, Kotzwinkles «Fan Man» ist das verrückteste, heiligste, liebste, geilste und witzigste Buch, das ich seit einiger Zeit gelesen hab ... Werd auch du Fan Man-Fan Mann. Heute noch!»
(Jörg Gülden in «Sounds»)

Nachtgeschichte
rororo 4897

Der vielfach preisgekrönte amerikanische Autor, versteht sich auf die Kunst, pikante Details aus dem Geschlechtsleben seiner Zeitgenossen mit erotischen Legenden aus der Antike zu verknüpfen. Obszöne Tollereien im alten Athen, perverse Exzesse im modernen New York – Kotzwinkle weiß sie süffisant zu beschreiben in einer Sprache, die keine Einzelheit unbenannt läßt, und mit einer Lässigkeit, angesichts derer die einschlägigen Texte aus den letzten zehn Jahren nachgerade verkrampft wirken.»
(«Frankfurter Allgemeine Zeitung»)

Fata Morgana
rororo 4986

«Ein Horror-Krimi von Format ...»
(«Welt am Sonntag»)

Elefant rammt Eisenbahn
rororo 5160

Die Geschichten in diesem Buch sind wie willkürlich in den Nachthimmel geschossene Leuchtkugeln; jede hat ihren eigenen Glanz, alle unterscheiden sich in Farbe, Form, Richtung und Flugbahn, meinte ein amerikanischer Kritiker, und der Autor, der auch bei uns längst eine ständig wachsende Schar von Bewunderern hat, sei clever und kapriziös, wie das Wetter an einem Tag im April.

Dr. Ratte
rororo 5685

«Die Tierversuchsgegener haben ihre Bibel»
(«Münchener Stadtzeitung»)

rororo

C 2065/3

Jack Kerouac

Tristessa
(725)

Unterwegs – On the Road
(1035)

Engel, Kif und neue Länder
(1391)

Gammler, Zen und Hohe Berge
(1417)

Die Verblendung des Duluoz
Eine abenteuerliche Erziehung. 1935-46
(1839)

Be-Bop, Bars und weißes Pulver
(4415)

Maggie Cassidy
(4561)

Lonesome Traveller
(4809)

The Town and the City
Roman (4971)

Noch einmal mit Gefühl . . .

M. Bolte/C. Corves/B. Maiwurm
Total verknallt
Ein Liebeslesebuch
rotfuchs 356

Jan Hans (Hg.)
Aber besoffen bin ich von dir
Liebesgedichte
panther 4456
Seit du weg bist
Liebesgedichte danach
panther 5002

Svende Merian/Norbert Ney (Hg.)
Nicht mit dir . . . und nicht ohne dich
panther 5283

Svende Merian
Der Tod des Märchenprinzen
rororo 5149

Marily French
Das blutende Herz
rororo 5279

Gudula Lorez (Hg.)
Wo die Nacht den Tag umarmt
Erotische Phantasien und Gedichte
von Frauen
rororo 5113

Das Rowohlt Lesebuch der Liebe
rororo 5203

Das Rowohlt Lesebuch der neuen frau
rororo 5205